面朝地中海的房子

惜珍、章誌文 著

上海文化出版社

目录

目录

假如没有到过这里，很难想象这个位于法国尼斯蔚蓝海岸边的半山别墅带给人的那种震撼。它是世外桃源，有一种说不出的安宁，走进去简直就像步入原始森林一样，簇拥着你的是高大茂密的绿树，碧绿如茵的草坪，不断绽放的各种花朵，任何有艺术感觉的人在这极度安静的环境里思维会非常活跃，灵感迸发。住下来可以静静地不受任何干扰地享受孤独，时刻面朝大海，看着眼前的花开花落。这里虽然远离人群，但并非孤岛，恰恰相反，它和世俗的繁华仅一箭之遥，要是厌倦了独居的寂寥，几分钟就可以走进红尘，走进蔚蓝海岸的海滩，双脚踩在细小灰白的卵石上，任海风轻吻肌肤，任阳光一寸一寸洒满全身。尘世的一切烦恼在这儿显得无足轻重，只有生命的花朵尽情绽放。

　　这也许是任何来到这座别墅的人都会有的感受，当他们游览了周边的许多美景，最后回到这里后，会由衷地对别墅主人大伟说："看来看去，最美的风景还是在你家里。"最令大伟难忘的是一位德国朋友说过的这样一句话："这里是天堂的一角"。

没错，这里就是大伟心目中的天堂。每当听到朋友们这些发自内心的赞美，大伟就会长长地吁一口气，也许只有他自己知道这幢别墅的获得有多么艰难。

40多岁的大伟中等个子，棱角分明的方圆脸，鼻子挺直，双目炯炯，这让他的脸看上去不乏威严。他性格内向，讲话简单明了，不喜欢交际，初次见面的人会觉得他不太好接近，但他其实是个内心很柔软的人，讲话也很幽默智慧，而且非常注意细节，整个人渗透着一种与生俱来的贵族气质。大伟出生在上海，从小就生活在国外，并在国外工作。大伟的太太艾丽思是位上海小姐，和大伟一样有着很好的家境，她性格随和，一点也不娇气。艾丽思比大伟年轻十来岁，一头微微卷曲的乌黑长发衬着她匀称苗条的身材，举手投足韵味十足，一双会说话的大眼睛清澈明亮。和大伟的内敛沉稳不同，天性活泼开朗的艾丽思喜欢热闹，喜欢交朋友，大家都喜欢她。但善解人意的艾丽思安静起来，可以整整一个星期不出门，整天窝在家里看书写字。

大伟和艾丽思婚后便定居在加拿大多伦多，因为喜欢法国文化，大伟在加拿大念大学时就学了法语。当他们的第二个孩子面世后，大伟就将家迁移到了香港。大伟之所以迁居香港，是为了让孩子能学好中文，因为他们毕竟是中国人，中文是他们的母语。通晓好几国语言的大伟认为中文是最难学最难掌握的语言，一定要在儿童时学习，否则长期住在国外缺乏讲中文的语言环境是无论如何也无法学好的。

就这样，拥有加拿大国籍的大伟一家回到香港定居。在香港，他们住在维多利亚海岸边 300 多平方米的全海景公寓房里。但他还是喜欢欧洲，尤其喜欢法国的文化，在法国的蔚蓝海岸边拥有一套自己的房子是大伟的心愿。

1997 年秋天，大伟和太太艾丽思去瑞士为孩子找寄宿学校，几天后他们坐飞机前往尼斯度假。尼斯，是地中海沿岸的法国南部城市，也是全欧洲最具魅力的黄金海岸。因为这里的天气比临近的地方都好，在周围几十公里没有什么大型制造污染的工厂，雨水又少，所以很受欧洲度假人的青睐，也是法国本地人度假的首选之地。不过，每年的 11 月到 2 月是尼斯的雨季，几乎每天都会下雨。

当飞机快要降落尼斯时，大伟从飞机的舷窗里看到的画面美得令人窒息，只见湛蓝的天空下面有几座郁郁葱葱的山，山上布满乳白墙体橘红屋顶的小房子，躺在房子脚下的便是世界闻名的法国南部

的蔚蓝海岸。艾丽思转过头对丈夫说："大伟，这里太美了，简直是人间天堂啊！"大伟没有说话，他也正陶醉在眼前的景色里。呈现在他们眼前的地中海上散落着一个个犹如成串珍珠般耀眼动人的岛屿以及海边触动心弦的城市，是笔墨难以形容的仙境，简直是上天恩赐的美景。而地中海的层次丰富得醉人，似乎世上所有的蓝色都一起汇聚到了这里，那种蓝又仿佛可以灌注到你心灵深处。对于深爱着海的大伟而言，这里的海景可以说是满足了他对大海的终极想象。那一刻，大伟明显地感觉到自己已经无可救药地迷上了这一片大海，他当时的愿望便是赶紧在地中海边买一幢房子，让他可以天天看海。

海边酒店

抵达尼斯后，他们住在离海很近的内格雷斯科（Le Negresco）酒店。这家酒店坐落在尼斯天使湾边的盎格鲁大街37号。天使湾是法国蔚蓝海岸上最绚烂的一段。尼斯三面环山，一面靠海，这里海湾的大圆弧像用圆规画的一般完美，两边的尖端遥遥相对，就像是正在拥抱大海的双手，或者更像天使身上的两扇羽翼，这就是取名天使湾的缘由。天使湾用一道优美的弧线衬托出地中海沁人心脾的蓝色，湾内海水平静清澈，海滩上遍布圆圆的鹅卵石。盎格鲁大街便是一条沿着天使湾优美的曲线蜿蜒前行的海滨步行道，这条街道是1830年由从18世纪开始移居此地的英国侨民自费募捐修建的行人步行道，俗称英国人散步道。1931年这条散步道落成后，由维多利亚皇后的儿子卡诺特公爵举行了非常正式的启用典礼，可见其不凡。当初修建这条街道时路面只有2米宽，而且仅有一条小小的双行道，道路中间被美丽的花床与棕榈树分开，如今这条路已经发展成为尼斯最主要的交通要道，有八车道行驶且长达5公里。街道一边是地中海天使湾的无敌海景，海边是供人们晒日光浴的卵石海滩。艾丽思看到晒日光浴的女士中有不少裸露着上半身，不由得有些惊讶。大伟告诉她，这是海滩边流行的"无上装"。大约半个世纪以前"无上装"在戛纳曾风靡一时，很快便出现在法国各个海滩，至今在尼斯的海滩上仍可看到不少的"无上装"。特别是一些年纪较大的女士，简直视公共海滩如自己的家，她们一到海滩便会除去自己身上所有的多余衣服，包括胸衣，让自己回归大自然，尽情沐浴在金灿灿的阳光下。倒是一些年轻些的女士，偶尔会有些不安的感觉，她们在解除自己的胸衣前会回顾一下四周，见没人留意，便迅速解除后即刻俯卧在地，背朝天空，充分享受阳光的抚摸。这也难怪，因为每天都会有许多慕名来到这里的游客，他们中不乏带着长焦镜前来捕捉大自然下明媚春光的摄影爱好者。

紧靠海岸边的是宽阔的人行道，尼斯人最喜欢在这里散步、聊天、骑单车和遛狗，走累了随时可以在路边放着的一张张蓝色靠背椅上坐下来，听着浪涛，吹着海风，就这样惬意地消磨时光。也许是因为尼斯有座大学，大学里的年轻人给这座城市带来了不少生气，与大伟在瑞士街道上看到的都是老年人形成了强烈对比。

英国人散步道还与马塞纳广场相连。这一带的大部分建筑都是1914年以前修建的，经过一百多年的风霜，至今风韵依旧。英国人大道旁的绿化带里高大的棕榈树凸显了尼斯的热带城市风光，一侧的花床里四时鲜花绽放，美不胜收。街道另一边的名品商店、艺术画廊和豪华酒店鳞次栉比，英国人大道 1 号坐落着 Ruhl 赌场，赌场旁边有个麦当劳餐厅，细心的游客会发现这里的麦当劳标志不是全世界麦当劳统一沿用的黄色标志 "M"，而是纯白色的。据说是因为尼斯人认为黄颜色和尼斯街道的色彩风格不相容，而要求把它改成白色，麦当劳总部不想失去尼斯的生意，不得不把尼斯的麦当劳标志改成纯白色。英国人大道 15 号坐落着极具装饰艺术风格的地中海宫殿酒店，里面拥有一间内部赌场、两个游泳池和一间桑拿浴室，站在酒店露台上，可以充分领略天使湾的全景。

大伟和太太入住的内格雷斯科酒店耸立在天使湾海边，居高临下地俯视着英国人散步大道，站在酒店的阳台上可以天天面对蔚蓝海岸，这满足了大伟和海亲近的愿望。刚刚入住，大伟就接到了香港大股灾的消息。艾丽思则暗暗庆幸，因为刚刚几个月前，香港的股市就升至疯狂阶段，香港的每个人几乎都成了股神，连在菜市场卖菜的阿姨们也在大谈股经，几乎人人加入了炒股大军。大伟凭借经验，感觉香港股市已驱失控，于是，果断卖出股票，带着太太出游，避开了这场股灾。

在酒店办好入住手续后，两人稍事休息，便外出选择了一家中国餐馆用晚餐，晚饭后顺便在酒店附近的小街上散步。经过一家地产中介公司时，艾丽思随意看着橱窗里的图片，

　　突然发现在橱窗最显眼的中间位置有一张图片，图片上是一幢面朝蔚蓝海岸的漂亮的意大利式别墅，背对着的是成片的山脉，艾丽思立刻被深深地吸引住了。她兴奋地对大伟说，你看："这幢房子看上去就像是一座皇宫。"艾丽思不知道，大伟其实比她还要喜欢，因为这幢房子恰恰满足了他日日面对大海的幻想。大伟说："我也觉得不错，明天我就让地产经纪人带我们去看这座'皇宫'。"

一见倾心

第二天上午10点，地产经纪人带他们来到了这座位于半山上的别墅，出来开门的是一位70多岁的法国男人，他说他叫布鲁诺，是这幢别墅的主人。大伟觉得他看上去不大像法国人，倒是有点像意大利人。布鲁诺头发灰白，额角上镌刻着深深的皱纹，眼皮下垂，显得很沧桑，又大又尖的鹰钩鼻子把他的那张脸衬托得很精明。他的背微微有点驼起，致使他穿着的衬衫在后面鼓了起来，下身穿着一条宽松的蓝色长裤，显出一种家常的随意自在。见了他们三人，布鲁诺微笑着伸出双手表示欢迎，大伟明显地感觉到他手的粗糙。布鲁诺的热情相迎消解了大伟进入陌生人家的局促和不安。看上去布鲁诺对有人看中他的房子很兴奋，他仔仔细细地介绍着这幢房子，着重介绍了房子面朝地中海的景观。听布鲁诺滔滔不绝地说着，陪同大伟看房的那位地产经纪人一点也插不上嘴，根本没机会和客户介绍这幢房子，倒像是和大伟一起去的买家。其实，不用多介绍，大伟已经感觉到这幢别墅远比他们想象中的还要美。此刻，大伟和艾丽思并肩站在22乘以7.5米的大露台上，凝视前面一大片蔚蓝色的地中海以及整个尼斯的古老建筑物，禁不住感叹道："我觉得这个住宅很适合尼斯市长居住，他可以站在这里用望远镜视察这座城市每个角落里的动静啊！"艾丽思笑了，说："你的想象力真够丰富的。"一脸神往的大伟望着远方的天空对太太说："你想以前我们虽然也看过许多海边的别墅，但大多数房子都只能看到海的一个角，而这幢别墅就像200度的宽银幕一般毫无遮拦地面向着大海。站在这里早晨可以看着太阳从东边缓缓升起，傍晚，看着太阳慢慢降落在阿尔卑斯山顶。真是太美了！"艾丽思说："大伟，这里是不是让你想起了你在希腊住过的海边小别墅？"大伟点点头。他确实想起了自己为了专心写作，曾到希腊克莱达（Creta）岛上找到一个几乎没有人烟的地方，他在半山腰的橄榄树林里找到了一幢白色小别墅住了下来，因为那里可以俯视爱琴海，他在那幢小别墅里一住就是大半年，天天看海。眼前的这幢别墅甚至比希腊海边的房子更合大伟的心意，这是可遇不可求的啊！带他们参观完后，意犹未尽的布鲁诺又一再说："我建议你们在傍晚时分再过来看看，感受一下从这里看出去的绚丽多姿的夜景，那可真是美若仙境啊！"

从半山的别墅出来，大伟对艾丽思说："看来这位房东是有诚意要卖这幢别墅的。"艾丽思说："是啊！但我纳闷的是既然他那么喜欢这幢房子，怎么会舍得卖掉呢？"回到酒店，大伟依然异常兴奋，他彻夜难眠，脑子里只想着这幢海边的房子。似乎是害怕稍晚房子就会落入他人之手，第二天一早，他便拉着艾丽思又去看这幢房子了。房东布鲁诺看到他们这么喜欢自己的房子，就开了价，虽然价格不菲，但大伟欣然接受了，他太想获得这幢自己做梦都想要的房子了。

大伟了解到布鲁诺原籍是意大利人，他是位地产发展商，别墅里装了地暖和中央空调，每个房间都配备了设施齐全的洗浴设备，还有一个很大的室内游泳池，看得出他为这幢别墅付出了很多的精力和财力。布鲁诺说盖这幢别墅原本是想让自己退休后和家人在里面舒舒服服地过日子，要不是急着等钱用他是无论如何也不会把这么好的房子卖出去的。他说的时候一脸无奈，甚至有些伤感的情绪。说完，他就给了大伟一个银行账号，并要求大伟在 24 小时内把 200 万法郎的定金打到他的卡上，大伟几乎没有考虑就一口答应了。

回到酒店后，大伟左思右想，觉得此事似乎有点不大对劲，便对艾丽思说："布鲁诺要我们先付他 200 万法郎定金，我们在此人生地不熟的，怎么能随随便便就付款给陌生人呢？我想我们有必要去请一位律师。"艾丽思说："你自己公司里不是请了一位世界顶级律师吗？不如让他为我们介绍一位尼斯的律师。"听了太太的话，大伟考虑再三觉得没这个必要。便对艾丽思说："买房子只需要办一些基本的转房手续以及税收等等，其实是一件比较简单的事。我看没必要麻烦公司的律师了。"于是，他找出酒店的黄页电话薄，翻寻出了一家普通的律师事务所，从中选了位不会讲英语因此要价也不太高的律师。其实，大伟的心里还有个想法，那就是通过买房子的机会学习法文。大伟有着很好的语言天赋，而且勤于学习语言，他除了中文外，还精通西班牙语、德语和英语。在加拿大读大学时也学过法语，但一直不用已经有些忘记了。现在他既然准备要买法国的房子，就必须学会法语，这样才能在法国和人交流。所以他找了位只会讲法语的律师维克托，逼着自己用法语和对方交流，同时他给自己下了决心，以后别墅内所请工作人员都只会讲法语，以迅速提高自己的法语水平。

几天后，大伟来到了法国律师维克托的写字楼里，他发现维克多不但年轻而且长得很帅，他有着一张典型欧洲人的脸庞，五官精致，眼神深邃，不苟言笑，微卷的亚麻色头发剪得短短的，同样亚麻色的络腮胡子使他看上去成熟而自信。一套裁剪合身的米白色西装衬得他瘦高的身材更加俊朗挺拔，西服里面是牛仔蓝的衬衣，搭配深蓝色的领带，浅棕色的西装马甲，棕色的皮带，呼应着脚上款色时尚擦得锃亮的红棕色牛皮鞋，整个人显得干净利索。这些都让大伟感觉满意，因为他本身就是一个注重细节的人。维克托说，他已经查阅了有关这幢别墅的所有文件，实际上这幢别墅在一个月之前就已经停止了买卖交易，并且将于明年 1 月 29 号在尼斯老城区法院的法庭上公开拍卖。这说明房东要买方支付 200 万法郎定金的做法显然是不合法的。从律师的口中大伟还得知，别墅所在的位于半山的这片土地一共有 7 亩，它坐拥阿尔卑斯山脉，面向蔚蓝海岸。当初，这块地在自然保护区内，这意味着周围不允许再盖建房子，布鲁诺是费了九牛二虎之力好不容易才拿到这块土地的，拿到后他精心设计，每一个细节都力求完美，可惜生意上的失败使布鲁诺借了银行不少钱，银行逼着他把房子拿出来拍卖还钱。布鲁诺因为急等钱用，万般无奈才不得不出卖这幢刚建好不久的心爱别墅。不过，当布鲁诺听说是一位中国人要买他的房子，法国人天生的傲慢和对东方民族的偏见使他无法容忍。布鲁诺想，一个中国人居然想要买他这个法国人的别墅，这件事听起来就很荒唐。何况中国人买了房子肯定不会长久住在里面，只不过是偶尔来度假时住住，就更不愿意卖了。与此同时，布鲁诺起了一个坏念头，就是想把房子先卖出去拿到钱放进自己口袋再说。所以他便提出了要买主预先支付 200 万法郎定金的做法。维克托还说："幸好您没有上他的当，中介公司也给蒙骗了。"

听完维克托律师的分析，大伟觉得这房子是买不成了。既然这样，他就不想再继续在尼斯待下去。第二天，大伟就订了回香港的机票，和太太艾丽思一起回到了香港的家。没想到当他望着自家公寓窗外的维多利亚港，大伟脑子里想的却全是蔚蓝海岸边的那幢别墅。大伟一生追求的是好风景好时光，尤其痴迷大海。

当时之所以买下现在的高层公寓，也因为可以看到海景。但日日面对的维多利亚港毕竟只是一个繁忙的港口，虽然有无敌海景之誉，但这里的海却是无法亲近的。现在好不容易在法国邂逅了那幢海边的理想别墅却又无法获得，心里自有说不出的万种纠结。大伟想来想去实在是有点心不甘情不愿的，便打电话去请教他在美国的弟弟。弟弟听完他的倾诉，只淡淡地说了句："我看如果这幢房子是你的，那它一定属于你，如果不是你的，强求也没用，不如放弃拥有它的念头。"可是，大伟知道自己是绝不会放弃的。他的性格中有着执拗的基因，他想要的东西一定会竭尽全力去争取到，为了这幢别墅，素来与世无争的大伟居然会因此与业主展开了一场历时整整两年的房屋争夺战。

拍卖成功

坐在香港的家里,大伟心里却时时刻刻想着尼斯的别墅,那幢面朝地中海的房子已经无可救药地深深印在他的脑海里,他没有办法不思念它。大伟想,既然律师告诉他这幢别墅主人采取的是用拍卖的方式出售他的房子,那就意味着自己也可以利用这个机会去竞争房子。于是,大伟在与维克托联系约定后,便在拍卖会开始的前一天飞到了尼斯。下榻酒店后,第二天一大早便在维克托的陪同下来到了举办房屋拍卖的尼斯法院。

尼斯法院位于老城区的萨莱亚林阴道边。萨莱亚林阴道在18世纪时便是上层雅客和上流社会活动的地方,如今成了尼斯传统集市所在地,萨莱亚集市东西走向,和英国人林阴大道同向紧邻,实际是在一条马路上摆了两行摊位。集市非常整洁,杂而不乱,并且有一个很好听的名字:花市。花市北面是仁慈小堂,那是一幢建于1740年的典型巴洛克式教堂,其外部建筑优雅对称,遍布涡形装饰和反拱。内部装饰令人叹为观止,穹顶上,在镀金饰和仿大理石立柱之间飞舞着一个个可爱的天使。仁慈小堂的西面是一个清静的广场,广场北面便是尼斯法院,那是一幢体量不小的精致的巴洛克式建

筑，有着典型巴洛克的拱顶和圆弧窗顶，气派奢华的大厅气
势逼人。法院门口放着大型盆景和花卉，房顶插着法兰西国旗，
显得庄严神圣。由于法王路易十四不喜欢巴洛克形式，所以
这种华丽建筑在法国本土非常少见，尼斯老城最早由希腊人
所建，后来又曾经沦为罗马帝国的殖民地，在 1860 年还由意
大利管辖。当时不隶属于法国的尼斯，却因此保存了巴洛克

风格的建筑。如今在老城区尽头的加利巴第广场依旧矗立着尼斯革命家加利巴第（1807—1882）的雕像，他在法国与意大利萨丁尼亚王国缠斗之际，曾为捍卫尼斯不惜登高一呼，表达宁做意大利人也不愿效忠法国的心愿。广场所连接的街道则是以另一位尼斯女英雄瑟古函的名字来命名的，在16世纪尼斯数度被法军包围之际，她冒死送粮进城给尼斯军队，甚至勇敢杀敌。从这两个故事中可以看到尼斯人对于家园故土的荣誉心和让他们引以为傲的光辉历史。停留于此，可以遥想尼斯经历不同王室统治的沧桑过往。

那天，大伟穿了一套浅米色休闲西装，脚上是一双白色袜子配棕色皮鞋，看上去神清气爽，器宇轩昂。虽然刚到尼斯，但时差在他身上几乎没有留下任何痕迹，他有些紧张，又有些激动，不时地向维克托问这问那，而维克托却像往常那样面无表情，不知道他在想些什么。维克托上身穿了件蓝色西装外套，下面是浅灰色西裤。也许因为风有点大，吹得他天然的卷发有些凌乱，反倒使他显得成熟与自信。维克托告诉大伟，在尼斯还是用最传统的烧蜡烛方法决定买方拍卖成否的结果。在出价完毕，法院负责人会点上蜡烛，等到蜡烛自行熄灭即表示成交，这时，新的价格便不再考虑。所以买方必须在蜡烛熄灭前马上加价，才有希望拍买到自己想要的东西。

当大伟和维克托在上午 10 点准时踏进拍卖房间时，屋子里已经坐满了人，看到那么多买家，大伟本能地感觉情况不妙，脑子里飞速闪过一个念头："今天看来是没希望了！"他告诫自己一定要冷静，沉住气。因为负责点蜡烛的官员迟到，所以拍卖会延迟到 10 点半才正式开场。乘这空隙时间，大伟和远在香港的太太艾丽思通了电话。艾丽思在电话里说："大伟，我感觉人这么多，估计卖主一定会抬价，如果价格太高你就不要买吧！"大伟说："你不要管价钱，反正这房子我是不会放弃的，不管价格多高我都要把它买下来！等拍卖完了后我再给你电话。"大伟说完就啪地把电话挂断了。艾丽思知道自己丈夫的脾气，他是那种说到做到的人，既然他对这幢别墅志在必得，也只能由他自己去努力了，自己再说什么都是多余的。大伟回到座位上不一会，拍卖会就开始了。法官叫了一次价，然后慢悠悠地点上了蜡烛。因为紧张，大伟的心跳迅速加快，血压也开始上升。

在第一位买家举牌后，大伟的律师维克托开始加价。他和大伟事先已规定了暗号，如果大伟不想再加价，决定放弃竞争的话，他会在维克托的背上轻轻敲一下。几个回合后，蜡烛仍在不断燃烧，随着火苗一窜一窜地闪烁，蜡烛也越来越短。突然，法院的边门打开了，从门外款款走进一位气质不凡的年轻女郎，一头棕色的长波浪卷发，深蓝色的连衣裙裹着曼妙的身材。她随身夹带进的微风，使即将燃尽的蜡烛火苗轻轻摇晃。幸好在这位不速之客进来时维克托刚刚又加了一次价，大伟感觉自己当时就像诸葛亮在帐篷内守护着关乎自己生命的蜡烛，有命悬一线之险。女郎进来后几秒钟蜡烛就彻底燃尽了。维克托上前祝贺大伟最终赢得了这场拍卖，当他握住大伟的双手时，发现他的手心湿漉漉的，而且头上的汗珠在不断渗出。维克托有点吃惊，他不知道，这其实是大伟的特点：每当紧张时他都会出汗。望着满面春风的维克托，大伟深深地吐了口气，血压及心跳也恢复了平静。不过，他有些困惑，那就是拍卖屋里明明坐着几十个人，但缘何只有四、五位买家和他竞争。他把自己的疑惑告诉了维克托，这位年轻的律师耸耸肩膀，神秘兮兮地在他耳畔说了句："你以后会明白的"。这令大伟更加一头雾水。

不管怎样，毕竟获得了自己梦寐以求的房子。满心欢喜的大伟一边和维克托一同朝法院大门走去，一边拿起手机和在香港那边独自守着电话机的妻子打电话，他以高8度的声调喊着："好消息，好消息！我成功拍买到这幢别墅了！"艾丽思也好激动，她连声说："真的吗？太好了！恭喜恭喜！什么价格？很贵吗？"这时，大伟已走到了大门口，迎面走来一位大约65岁左右的老人，满头的灰白头发，个子不高，略胖，穿着一套很考究的深蓝条子西装，笑容可掬地走到大

伟面前，说："尊敬的先生，您好！我是卖方的律师，诚恳地邀请您和您的律师和我一起去喝杯咖啡。可以吗？"大伟想房东让律师找他大概是准备把屋内的家具等一起作价卖给自己。就说："好吧！"大伟对电话那头的太太说："我这里很忙，有事要处理。先挂了。等一会我再打电话给你！"便匆匆挂断了电话。

　　律师带着他们走进法院一侧的老城区，尼斯老城至今留存着意大利式的生活气息和情调。高低曲折的狭窄小巷随小山丘起伏，沿路旧城风格的鹅卵石道两侧大多是 17、18 世纪建成的风格各异的古老建筑，房屋虽旧却不破，保养得很好。

这里的一栋栋楼房被涂成温暖明亮的土黄色，砖红色，斑驳的墙体配上暗绿的百叶窗，让人似乎退回到了中世纪的岁月。而每家每户窗台上绽放着的一簇簇姹紫嫣红的花花草草，则显示出现代生活的安逸和勃勃生机。这些房屋的底层现在大多开出了一家家琳琅满目的特色小店、餐厅和酒吧。律师把他们带到街边的一个咖啡馆，咖啡馆很小，门口摆了几张小圆桌，桌上铺着果绿色的桌布，周围放着藤椅，在阳光下显得很明艳。律师说，就在这里吧！他一边用法语招呼着侍者，一边示意两人坐下。喝了口侍者送上的咖啡，此刻心情十分明朗的大伟觉得这家咖啡馆的法国咖啡味道真是不错，阳光下的街道也让他感觉舒服。他等着律师开口谈让他连家具一起买下的事，心里想，既然房子已经拿到，自己会尽量满足对方要求的。但是没想到律师一开口却让他大吃一惊。律师说："先生，我接受卖主的委托和您讲清楚一件事。那就是您必须私下补偿 500 万法郎给卖主，否则您就买不成这幢别墅。因为法国的法律规定，只要卖方在银行借到款，并在 30 天内付清拍卖的款项及其费用，这拍卖交易就会无效，作废。大伟听完一惊，手里端着的一杯咖啡差点泼翻。他想不通的是刚才自己明明已经把房子拍卖到手，怎么现在听下来这房子好像还是不属于自己？大伟看着一旁坐着的维克托，问他这到底是怎么回事？维克托两手一摊，一脸无奈地说："先生，这条法律在尼斯确实存在。但我认为卖主一定拿不出这笔钱，否则他也不会落到这个地步。"但大伟根本听不进维克托的话，他认为这是在安慰自己，心里很恼火，站起身便拂袖而去。

第二天，大伟心灰意冷地回了香港的家。无助的他只能打电话给自己远在美国的弟弟，他问弟弟，你说我该怎么办？弟弟想了想，然后云淡风轻地劝他说："是你的就是你的……"这不等于什么也没说吗？大伟挂断电话，摇头苦笑。

这一个月把大伟等苦了，每天他都祈求上帝让他早日得到这幢心仪的房子。在临近一个月时，他忍不住几乎每天都给法国律师发传真，并望眼欲穿地等待法国发来的传真，就这样在焦虑中过去了一个月。在一个月过去两天的一个下午，大伟在他的办事处接到了法国律师维克托的电话。律师在电话里兴奋地告诉他说："大伟先生，你成功了，这幢房子属于你了。"大伟顿时大喜，他的情绪仿佛经历了过山车般大起大落，现在突然从低谷突然蹿上山顶，他正在怀疑律师所说的是否真实。电话那头律师的话语在继续："现在，您必须在一两天时间内付款"。大伟听了很高兴，这下子他相信律师所说的是真的了，他确实买到了这幢房子。挂断电话后，大伟马上让他的秘书把买房子的所有款项一次性汇出。

他认为法院收到他的付款不再会不承认他是房子的主人了。两天后，大伟收到律师的传真，律师在传真里恭贺他成为这幢房子的新业主。大伟马上回复："请你代我去办理收房手续，因为我生意上还有些事情需要处理，暂时不能离开香港。房子的钥匙麻烦你替我保管，现在是3月，我需5月初才能到尼斯，到了后我会去你所里取。"大伟的这份传真发出后一个星期不见回音。大伟急了，就打电话给维克托。维克托在电话里说："很对不起，大伟先生。我很遗憾地告诉您，你们的房子又遇到了新的问题，原房主不肯搬走，因为他家里有一位90岁的老太太不想搬，但我认为这不是理由。"维克托又对大伟说，现在唯一的办法就是到法院去告他。大伟说："维克托，你不是在开玩笑吧！这怎么可能，真是岂有此理！"维克托耐心地安慰大伟说："这是当地的的法律，只能执行。"大伟心里很不情愿，但也只能无奈地说："好吧，只能这样了，那你替我联系法院吧！"第二天，维克托打来电话告诉大伟："当地法院已同意受理，但要等到七、八月份才可以开庭审理。"

大伟的心情又经历了一次过山车，刚刚在高空，瞬间又跌入了深渊，好在他的心脏还足够强健。无奈，他只能继续等待。这两个月的时间，大伟度日如年。七月一到，他就立即打电话催着维克托让法院尽快开庭审理，维克托的回答简直让大伟要气炸了！他说："大伟先生，每年的7、8月份是法国放大假的日子，这段时间里没人做事，要到9月份才能开庭。"这7、8月份也是他们之前许诺的，既然知道这期间会放大假，为何仍继续哄骗大伟说会审理呢？难道维克托也不清楚吗？怒气填胸的大伟真想把维克托也一起"炒"了！气得脸色发紫的大伟对着电话嚷嚷道："你们法国的制度真是糟透了！不可理喻！"9月1号，大伟又打电话给维克托，询问他到底几号开庭。维克托说，法院在排日子。于是，只能继续等待。一等又是两个星期。两星期后，维克托来电话了，说是定于11月15日开庭。大伟已经让法国各种稀奇古怪的制度折磨得有些麻木了，他唯一能做的就是接受事实，一直拖到11月，大伟没什么感觉地问律师："开庭时需要我飞过来吗？"维克托说："不用了！我可以做您的全权代表，代替您出庭。"11月15日，大伟接到了维克托从尼斯打来的电话。他在电话里说，他今天一大早赶到法院，等候法院开门。但却被告知，审理这件案子的法官因为患了感冒请假，所以今天的开庭取消了。这意味着大伟又要再等待重新安排开庭的日子。大伟在电话里听到这个消息后，简直气疯了。他拼命克制自己的情绪，好不容易才没有把手里拿着的水杯扔出去，但杯子里的水却已泼了一地。

平静下来后，大伟觉得自己必须真正面对房屋的原主人了。他在电话里对维克托说："我想了解这位房主的背景。"维克托说："您在买房子之前，我没有和您讲清楚。其实，很多人都知道他想卖房子。但当地人都知道这个业主有两个女儿在法国当法官，一个儿子在警察局工作，背景很硬。任何人买下这幢房子实际上是没有可能住进去的"。挂断电话，大伟陷入了沉思，他心里责怪维克托律师为什么当初没有告诉他业主的背景，法国人都拿不到这幢房子，大伟一个外国人怎么可能拿到呢？大伟顿时有一种上了维克托律师当的感觉，但现在钱已付给了对方，不买也不行啊！大伟想换一位律师，但仔细考虑后又觉得即便换一位律师也不见得有用，因为法国法律的程序都是一样的。如果找自己公司的国际律师介绍尼斯当地的律师，那么价格肯定更加昂贵。左思右想后觉得还不如让维克托继续吧。大伟公司总部在加拿大多伦多，是个规模不小的上市公司，大伟打了个电话给安大律省长，省长很客气地告诉他加拿大在尼斯没有领事馆，只有一个荣誉领事，但他只是在庆祝活动场面上亮亮相而已。他也不能把这纠纷交给在巴黎的外交部，因为这是民间纠纷，政府官员不能参与，省长感到为难地说："大伟先生，我实在是爱莫能助！"

此时，大伟觉得自己正是走投无路了。他想到自己在人生的道路上曾经历过的所有曲折与困难，并不是每一个人都能承受得起的，但却凭借自己的能力与毅力一一跨过，现在他也没有理由在房子的事情上束手无策。

　　转眼到了12月，法院终于在圣诞节前开庭受理大伟的房产纠纷，大伟没有出庭，由维克托全权代表。在尼斯法庭上，女法官仔细听了律师维克托的诉状后，扔下一句："我没有能力解决这件事，你们只能到中级法院的上诉庭去。"很明显，这是托词，事实上这位女法官是不敢得罪业主的两个当法官的女儿。维克托在电话里向大伟陈述了尼斯开庭的结果，他说："大伟先生，您如果确定上诉的话，还要排队等候。通常需要将近两年的时间才能轮到。他问大伟要不要上诉？大伟斩钉截铁地回答说："当然要上诉！"。

　　上帝保佑等待的时间并没有像维克托所说的那么漫长，半年后，大伟就收到了允许上诉的通知，上诉开庭的时间定在当年6月。虽然还要再等上半年，但这对大伟来说已是个天大的好消息了。他顿时有了一种绝处逢生的感觉，在心里祈祷这次能把房子的问题解决。

上诉获胜

当大伟将钱汇去法国购房后，考虑到还需要另转些钱去法国作为开支用，比如律师费等等，经香港法国银行介绍，在尼斯法国银行开了户，当他们听说大伟买下房子却拿不到的消息后，十分诧异，希望在可能的范围内给予大伟一些帮助。法国银行特地派了位高级投资顾问兼律师阿诺德给大伟，阿诺德中等偏瘦的个子，一双深邃的双眼，炯炯有神，线条优美的鼻子，薄薄的嘴唇微微上翘，看上去是位和蔼可亲的善良人。他精通意大利语、法语和英语等多国语言，思路敏捷，讲话语速很快，读书一目十行，且过目不忘，记忆力极强。阿诺德会开车，但却没人敢坐他的车。因为他的开车经历中曾多次撞车，而且停车对他来说永远是最棘手的事。因为他经常把车开得前擦后撞，因此换过好几辆车，每一部都被他弄得伤痕累累。因为他的开车故事太吓人，所以大伟和艾丽思的女儿凯思琳听了后一直未能下决心去学开车。也许她觉得读书人再加个艺术家的细胞，是太不适合开车了。阿诺德出生于一个富裕的家庭，40多岁的年纪还没有结婚，但却一直在寻找自己的真爱，他喜欢十八九岁的在校女大学生，也喜欢年轻漂亮的时装模特儿，他还经常把自己结识的女朋友带去大伟家看风景、摄影等。阿诺德几乎每个星期都在大学里讲授金融、法律方面的知识。一次，他在大学里认识了一位 17 岁的女孩玛丽，非常喜欢，当即对她展开了猛烈的攻势，他帮她补习功课，为她买各种书籍教材，花了很多心思，可是玛丽对他却没有一点感觉，她也没心思谈恋爱，只是一心想念个好成绩。这个女孩非常聪明和机灵，她来自一个单亲家庭，和母亲安娜相依为命。交往过程中她把阿诺德带回家里和母亲一起吃饭，并有意无意地将安娜介绍给他。随着时间的推移，阿诺德和安娜居然恋上了，虽然安娜比他大好几岁，但两人爱得很深。后来安娜怀上了阿诺德的孩子，并为他生下了一个美丽的女孩，取名卡米尔。当可爱的卡米尔呱呱坠地后，阿诺德的心彻底融化了。他亲自照顾自己的小公主，每天起早贪黑，半夜起来喂奶，对卡米尔无微不至地照料。当孩子开始牙牙学语并学步时，阿诺德决定和安娜补办结婚手续。婚后两人恩爱无比，如胶似漆。

阿诺德后来和大伟成了好朋友，孩子们也十分佩服他在金融和法律方面的知识，凡是有关这两方面的问题他有问必答，几乎没有不知晓的，令孩子们受益匪浅。阿诺德做事极其认真，大伟虽然精通五国语言，但刚去法国时无法与人熟练地沟通，所以，阿诺德只要能抽出时间都尽量帮大伟看大量的法语文件并代替大伟和律师沟通，可以说是大伟的得力助手和知心朋友。

当年 6 月，大伟和太太艾丽思飞到了尼斯，准备到中级法院去上诉。中级法院位于普罗旺斯埃克斯。埃克斯是普罗旺斯的前首府，其名字源于拉丁文"水"，传说这里的泉水能治病，从 12 世纪开始，埃克斯就是普罗旺斯文化、经济、知识的中心，在法国人心目中，埃克斯代表优雅、细腻的贵族品味。这里以古罗马遗迹、中世纪和文艺复兴风格的建筑而著称，被誉为是普罗旺斯地区最具"都会"风情的地区。小城里面有几十座喷泉，在这些形态各异的喷泉里，有两座喷泉最为出名，一座是位于米拉博大道西边的圆亭喷泉，这座喷泉同时也是该市最著名的古迹之一。喷泉顶部有三尊大理石雕像，每尊雕像的雕塑家各不相同，意义也不同。正对着米哈博林阴大道的雕塑象征着正义，比利时大道面对的雕塑象征着贸易和农业，面对通往阿维尼翁拿破仑大道的雕塑象征着艺术。另一座是国王 René 喷泉。这座喷泉以 19 世纪的国王 René 为装饰，国王的手里拿着一串名为"马斯科特"葡萄，据说这种葡萄是艾克斯地区的特产。

喜欢法国文化的大伟内心对埃克斯早有向往，只是他没有想到的是他竟然会以这样的方式和埃克斯相逢。

从尼斯到埃克斯距离大约 200 多公里，开车要 2 个半小时。那天一大早，大伟的法国朋友麦克就开车来接他们了，阿诺德也一起同行。麦克住在安蒂布，是游艇公司做销售工作的高级商人，大伟的公司曾向麦克买了一条一百多呎的游艇运到香港。在开往埃克斯的路上，麦克边开车边高兴地有说有笑，他认为这个官司大伟是一定能赢的。坐在副驾驶座上的大伟转过头问坐在后面的阿诺德的看法，他回答："照理会胜诉，因为中级法院比较公正"。一路上大伟很少说话。此刻他的心情十分复杂，大伟是那种遇事总喜欢把困难想得多一点的人，更何况之前此起彼伏的买房过程早已使他心力交瘁，一次次的挫折使他不敢轻易对上诉抱有太大希望。车开到埃克斯时已是中午时分。开庭时间是下午，中级法院距离埃克斯的主街米哈博林阴大道不远，大家决定先去街上吃点东西。麦克把车停靠在一侧的停车场上后，大家就一起来到了米哈博林阴大街。这条大街修建于十七世纪，至今依旧保持着那个时期的建筑风格。大街两侧都是高大的法国梧桐，树龄都有三四百年了。初夏季节，这些法国梧桐张开了浓密的树叶，洒下满地绿荫，步入其间仿佛步入森林，怪不得被称为林阴大街。同时，这里也是艾克斯文化聚集地，像巴黎的圣日耳曼大街一样，这里的咖啡馆、小酒馆一直是艺术家们的流连之地。林阴大街的北侧充满着阳光与绿荫，特色餐厅、面包店、咖啡馆、酒吧、书店、花店等琳琅满目，大街南侧则是18世纪的豪宅，西侧是建于1860年的圆亭喷泉，中间是五色杂陈的集市摊位。埃克斯的集市充满着阳光的味道、山区的气息。集市上出售的大多是这一地区包括周围小镇的杰作，比如用薰衣草制作的香皂、浴盐、沐浴露、蜡烛、香水、香精油等，还有把经过干燥处理的薰衣草花苞，用色彩浓艳的布料包裹起来制成的香包和布娃娃。普罗旺斯地区的陶瓷，极富法式乡村之美，碗、碟、瓶、罐、杯、盘、壶、盏，一应俱全，大多数陶瓷绘有各种花卉草木的图案，有些绘着抽象的条纹和斑点。集市上还有卖相框的、卖糖果的、卖首饰，卖桌布、枕套和被套的。与别处大张旗鼓的吆喝不同，这里的摊主大都坐在树叶阴影里默默观望，并不费尽唇舌兜揽生意，也不喜欢讨价还价，更没有人大声吆喝，一些卖芦笛之类乐器的，则自顾自闭着眼睛咿咿呜呜地吹着，一副旁若无人的潇洒样。路边还不时可邂逅一些盛装打扮的街头艺人，他们的即兴式创意表演为游人增添了不少惊喜。难怪有人说，整个南法最鲜艳的颜色、最浓郁的香味、最引人遐思的景色都聚集在这里。大伟他们走进林阴大道旁的餐馆，室内墙壁是红色和明黄色相间，座位间距很窄，开放式的厨房里正在烤制肉类食物，大伟说我们还是坐在外面吧，他喜欢沐浴在温暖的阳光下，空气中有树叶的清新味道。在露天餐位坐下后，他们点了西班牙海鲜饭。麦克说，这家餐馆的西班牙海鲜饭是有名的。源于西班牙瓦伦西亚的西班牙海鲜饭是西餐三大名菜之一，它与法国蜗牛、意大利面齐名。侍者端上来的西班牙海鲜饭看上去十分诱人，黄澄澄的米粒中点缀着大虾、黑蚬、蛤蜊、鱿鱼、鸡腿等，端上来热气腾腾，令人垂涎。但大伟吃在嘴里却没滋没味，他心里想的是自己来这里吉凶尚不可知，万一再次败诉他又将如何去面对？街头一位有着清瘦的轮廓和湛蓝大眼睛的流浪艺术家，穿着邋遢的牛仔衣裤，怀抱着一把吉他，漫不经心地在弹奏，忧郁的曲调游荡在古老悠远的街上，又淹没在熙来攘往的人群中，那种飘忽无定的乐声让大伟感觉到一种直击心灵的伤感。

餐毕，他们一行人慢慢走到不远处的中级法院，两旁的好景致大家都无暇观赏。尼斯的中级法院坐落在被一片铁丝围栏圈起来的小院里。小院里没有树木只有两大片草坪，草坪好像很久没有修剪了，上面杂草丛生。正对两扇对开的大铁门的是一幢看上去有些简陋的两层楼房，底层是一排落地窗户，一楼和二楼间有长方形的钢结构黑色雨棚，雨棚下摆放着一排黑色座椅。法院没有高高的台阶，有长方反倒有一种平民的质朴和亲和力。大伟觉得有点意外，因为这里比起尼斯的巴洛克风格法院，实在是太过简陋了。来不及多想，他们就被召唤了进去，只见里面大厅里坐了100多个人，三位穿着黑色制服的白发苍苍的法官端坐上面。维克托把案件陈述完毕后，三位法官宣布休息10分钟。然后，他们走进里面的房间，此时，大伟和艾丽思走近窗口，双手合十，闭眼默默地祈祷，希望上帝能保佑他们。十分钟后，法官走出来宣布了法庭判决结果：房东搬出去，并赔偿原告 100 万法郎。

令人高兴的结果来得太快，大伟一下子百感交集，觉得自己像是在做梦。艾丽思双手握拳在空中兴奋地挥舞了一下，几乎轻轻叫了声"耶！"接着转身拍了拍仍在发呆的大伟，说："大伟，我们可以走了！"大伟这才如梦初醒，他的两眼闪烁着泪花，一把抱住了艾丽思，两人相拥着走出了法院的大门。这时的大伟只想快点回到尼斯去办好手续，他实在不想再发生什么节外生枝的事了。

长住酒店

　　大伟和艾丽思回到酒店不久，意外地收到了维克托打来的电话，说是收到了布鲁诺的一封信，拆开一看，里面附着一份关于这幢房子的合同租约。布鲁诺在信里说，根据这份租约，这幢房子已经由自己所在的公司租给了他自己，所以就不用搬出去了，也不存在赔偿100万法郎的问题。大伟简直不能相信自己的耳朵，当时就懵住了，因为如果这是真的，那就意味着不能按照法庭的判决让原房主搬出去！大伟怎么也料想不到在短短的几个小时内，眼前竟然又出现了滚滚的乌云，它们像是从无底深渊里喷涌出来的黑雾，阴暗恐怖地布满了蔚蓝的天空，做梦也没有想到法国中级法院的判决会给区区一封挂号信推翻掉。他突然觉得世界是如此的不公平，真是沉冤莫白，如果他认识尼斯市长，他可直接向他投诉，把这件不公平的事告诉他，那么这件事不就轻而易举地解决了吗？偏偏他只是个普通游客，这让他有一种受骗的感觉。大伟把这件事告诉他在德国、西班牙、美国、香港的朋友，他们都为他打抱不平，认为这真是一件荒谬至极的事，他们都说这种事在他们国家是绝对不可能发生的。大伟只能苦笑，他算是品尝到了中国人心目中法国人浪漫的滋味。有的朋友建议大伟干脆把这幢已付了钱但却拿不到的房子底价转让给

法国人，这样虽然会有损失，但可以解决问题。但大伟说这种做法他是绝对不会考虑的。他为这幢房子已经打了这么长时间的官司，虽然这个过程折磨人又艰苦，令他痛苦不堪，但他收回房子的信心却从来没有动摇过，因为他是个从不言放弃的人，在他的脑海里这座房子已经属于自己了，现在的纠纷不过是房东和房客之间的事。他每晚仍一如既往地做着在大露台上拥抱地中海美景入眠的好梦。

然而现实是大伟除了继续等待没有更好的办法。他也不想再来回折腾了，干脆和太太一起在英国人大道旁的内格雷斯科酒店包了间房，决定安顿下来打一场持久战。

这个拥有漂亮粉红色圆顶形似宫殿的酒店是尼斯的地标，它不单单是座酒店，因为历史悠久，保存完善，1974 年还被政府列为古迹胜景。说它是尼斯最高档昂贵的酒店绝对当之无愧，这个酒店已经成为尼斯品位生活的代名词，即使不在里面下榻，许多人也会进去小酌一杯，顺便看看古斯托夫·埃菲尔设计的圆形大厅和美丽壮观的玻璃穹顶也足以让人备感尊荣了。内格雷斯科酒店还是一个有着传奇故事的酒店，它是由来自罗马尼亚的移民亨利·内格雷斯科靠经营赌场发迹后，在 1912 年建造并以他的名字命名的。著名建筑师艾菲尔参与了酒店的设计，艾菲尔设计的圆形大厅拱顶和垂挂的巨型水晶灯就像他设计的埃菲尔铁塔一样，一问世便惊艳了整个尼斯，人们为它那令人炫目的美赞叹不已。因为一战时期，由于富人和游客数量大幅下降，酒店面临严重的财务困难，亨利·内格雷斯科最终只能把酒店卖给了比利时。此后几十年这座酒店始终是起起伏伏，命运坎坷。1957年，内格雷斯科酒店又被转卖给了奥吉尔家族，总算是有了较好的归宿。酒店新的女主人珍妮·奥吉尔酷爱艺术，而且对艺术有着独到的品位和非凡的艺术眼光，得到酒店后，她就开始出巨资从世界各地收购各种名贵的艺术品和古董家具来装点酒店，历经半个多世纪的积累，内格雷斯科酒店终于被她打造成一座焕发着法式艺术创作光辉的博物馆式酒店，连门童都穿着19世纪富豪家庭工作人员的服饰。酒店内一百多岁的老式电梯至今运行良好。这一切，使酒店名声遐迩，广受赞美。酒店内拥有大量中世纪巨幅油画，还有中国民清时期的瓷器。从路易十三时期到现代，法国艺术最辉煌时期的作品都可以在酒店里看到，其中包括达利和尼基·德圣法尔等人的当代作品。内格雷斯科酒店内最有名的凡尔赛厅，完全按照法国宫廷原貌设计，红色的墙壁与金色的装饰，无不彰显着奢华与高贵的皇家气质。墙壁上挂着里戈 (Hyacinthe Rigaud) 所画的穿红色高跟鞋的路易十四画像，路易十四的巨幅油画在全法国仅存三幅，另外两幅分别珍藏在巴黎的卢浮宫和凡尔赛宫中。皇家厅更是气派非凡，椭圆形的大厅四周挂满了各

种现代艺术作品。酒店里拥有96个标准间和21个套房，房间的装饰灵感源自法国艺术最辉煌的时期，每一层楼的装饰风格也截然不同，即便是走道里的陈设也没有丝毫马虎。每间房间的装饰风格也都有自己的特色，有地中海蓝贵族风，有全粉色公主范，还有带有整墙壁中国水墨画的中式宫廷风。

而酒店的公共洗手间更是漂亮得不像话，令人走进去后就不想出来。对于内格雷斯科酒店流传着一句话是："一百年的岁月，五百年的艺术"。众多的艺术作品、年代久远的家具以及贵重的名画构成了内格雷斯科酒店无价的艺术遗产，并使之成为尼斯的地标之一。2003年，该酒店被法国政府列为国家级历史建筑，成为世界顶级宾馆成员之一。许多名人贵族来尼斯时都指定下榻于此，内格雷斯科酒店的贵宾中有英国女王伊丽莎白二世、野兽派画家马蒂斯、电影导演希区柯克、喜剧大师卓别林等。最著名的是512的Pompadour英国式套房，那是路易十五最宠爱夫人的最爱，415—16的帝国套房是伊丽莎白·泰勒和索菲亚·罗兰的至爱，还有122的Montserrat Caballe套房，阿兰·德隆、迈克尔·杰克逊等也都是她的房客，当今一些国家级的元首也曾下榻这家酒店。酒店的每一个房间都经过了精心布置，房间内摆设着气度不凡的古董家具。拉开窗帘，眼前就是醉人的蔚蓝海岸和英国人漫步大道。慷慨的奥吉尔夫人不但把自己的全部财产捐赠出来成立了酒店基金会，同时酒店也对普通游客敞开。据说这位如今已有90高龄的奥吉尔太太自丈夫去世后，每天都住在酒店的豪华套房里。

内格雷斯科酒店里设有两家风格各异的餐厅，一家是获得《米其林指南》两星餐厅殊荣的著名的美食餐厅，另一家是以 18 世纪的旋转木马作为装饰的啤酒餐厅。坐在浪漫、华丽的啤酒餐厅里会有一种身处童话中的美妙感受。木质大音乐盒中响起风琴叮叮咚咚的声音，座椅上的小木马一上一下地随着音乐慢慢移动着，梦幻到极致。许多游客慕名而来。传奇的女主人奥吉尔太太每天早晨坐着轮椅来到啤酒餐厅里，一边看报纸，一边用早餐。90 多岁的她精心打扮，妆容得体，优雅从容。有时她也会坐在凡尔赛大厅里，静静地欣赏着一幅幅作品，看着游客带着欣喜的表情在各处拍照留念。酒店里还有个英式酒吧，酒吧内摆放着天鹅绒坐垫，装饰着 1913 年的胡桃木护壁板，到处可见珍贵的艺术品。这些都让生性浪漫的大伟心生欢喜，艾丽思更是高兴，她本来就喜欢艺术，尤其钟情于一些现代抽象艺术作品。如今住进这个到处是艺术品的酒店，可以日日观赏，因为整个楼层不高，她宁愿每天一层层走楼梯欣赏那些美不胜收的艺术品，来取代搭乘电梯，也算是意外的收获。

　　内格雷斯科酒店面朝天使湾海滩。当大伟和艾丽思携手漫步走在天使湾边，心会醉。午后阳光温暖得令人躁动，凉爽的海风吹来了无尽的愉悦，大海和天空演奏着蓝色交响曲。大伟尤其喜欢一个人坐在海滩边，静静地欣赏蔚蓝的地中海，望着远处模糊的天际线，他感到自己好像完全融化在了大自然里。

　　天使湾的海水蓝得就像蓝宝石，那是一种从天到地没有隔阂、清透纯洁的蓝，在阳光下呈现出分明的颜色变化，从近处浪花的白色、浅蓝、天蓝、蔚蓝、湛蓝、紫蓝，一直蔓延到海中心的深蓝，那道蓝色仿佛可以灌注到心底深处。作为全世界景致最丰富且活跃的海滩之一，天使湾的海滩虽不是细沙滩，但灰白色鹅卵石铺就的几公里长的海滩吸引着来自世界各地的度假者。这里的海面平静得几乎没有风浪，显示出地中海的温情柔意。天使湾的海滩上满眼都是五彩缤纷的遮阳伞，身着各种色彩绚丽的比基尼的美女们在海滩边尽情地晒着日光浴，远远看去就像一簇簇鲜花般竞相盛开。一对对依偎着欣赏美丽海滩的情侣，玩耍嬉戏的孩童，躺在躺椅上悠闲看报的人们……仿佛每个人都要把尼斯的灿烂骄阳浸染全身。

　　早晨和傍晚，大伟和艾丽思常常携手在海滩上享受地中海沿岸的阳光和悠闲地散步，这些是他们在世界上其他城市所享受不到的，日日与蔚蓝海岸耳鬓厮磨，大伟觉得自己越来越离不开这里了。

邂 逅

　　在大伟的尼斯朋友圈里有两个中国人，托马斯和他的太太玛丽埃塔，夫妇俩在尼斯开了一家中餐馆。那是一次偶然相遇的结果。下榻内格雷思科酒店后，一天，大伟和艾丽思在英国人大道漫步，他们想找一家中餐馆吃饭。可是找遍英国人大道没有发现一家中餐厅，只有各式西餐厅夹杂着酒吧和咖啡馆。他们又逛进英国人大道后面的一条小街，意外地在一个不起眼的小巷子里看到一家小餐馆，门框是中国红，门楣上有金黄色的两个中文字"翠园"。艾丽思兴奋地说："大伟，你看这家餐馆叫翠园，香港不是也有一家翠园酒家吗？看来这是一家经营中国菜的餐馆无疑了。"两人顿时有了一种他乡遇故知的惊喜，便高兴地走了进去。餐馆里面摆放着一张长方形桌子，几张小圆桌，每张桌子上都铺着法国味道浓郁的红白格子桌布，桌上的小花瓶里插着鲜花，很温馨的感觉。餐厅里只有一男一女，看来是老板和老板娘，他们看上去不过40出头的样子。老板娘上前热情地用法语和他们打招呼。艾丽思笑笑，随即用中国话回应她，老板娘也随即改用中国话回答。她递上菜单，艾丽思一看，好多菜都是自己想吃的。像麻婆豆腐、栗子焖鸡、白菜蘑菇等，许多都是上海菜啊！老板娘很热情，她说自己叫玛丽埃塔，老公叫托马斯。艾丽思说自己是来自香港的上海人，并开心地说起上海话来。玛丽埃塔用上海话叫起来："哎呀！侬是上海宁啊！阿拉是同乡呀！"于是话匣子就打开了。玛丽埃塔告诉艾丽思，他们到尼斯已经有十几年了，丈夫托马斯是法籍华人，很小的时候就从广东来到尼斯。餐馆是玛丽埃塔的父亲投资开的，开了餐馆后，母亲在厨房里做菜，她负责接待。一天，托马斯到餐馆吃饭，两人一见钟情，托马斯就此成了这家餐馆的女婿，结婚后，专门负责餐馆的采购。见他们点了栗子焖鸡，便说自己的老公也最喜欢吃这道菜了，可惜今天没有栗子，无法做。老板娘还热情地说，你们改天过来，一定让我妈妈做给你们吃。可惜这句话讲了好多年，大伟和艾丽思每次去他家餐厅，他们都说没有买到栗子，所以，这只栗子焖鸡艾丽思从来也没有在他们的餐馆吃到过。翠园后来搬到另一条街上，门面比以前大了。餐馆内除了大厅，还有包房，并对外号称是最正宗的中国餐馆，据说许多电影明星都去翠园餐馆用过餐，如洪金宝、李连杰等，墙上挂满了合影，还有香港首任行政长官董建华的哥哥也去过翠园餐厅，大伟和艾丽思也成了翠园的常客。因为他们初到尼斯，谁也不认识，希望找到一位熟悉当地的人，可以委托他打听到原房东布鲁诺家的背景，以便对付。托马斯还拍着胸脯说："放心！我是开餐馆的，几乎认识这里所有的人。"大伟寄希望于他能为自己介绍一位当地有权威的人，便经常去他家餐馆吃饭。有一天，托马斯真的把尼斯警察局局长找来了，并告诉大伟，那位警察局长喜欢吃明虾，大伟就点了很大一盆明虾给他吃，并配上其他许多菜。警察局长边吃边听大伟讲房子的事，并表示很同情大伟的遭遇。大快朵颐后，他扔下一句话："我确实很想帮你们的忙，但警察局只能由法院判下来后再执行"。警察局长说的倒也是事实，大伟一时无语。

尼斯城区

　　大伟在内格雷思科酒店下榻，天性活泼开朗的艾丽思见大伟终日郁郁寡欢，便开导他说："大伟，开心也好，不开心也罢，都是过一天。不如暂时放下不如意的事在一边，出去透透气，欣赏欣赏周边的美景。房子的问题迟早总是会解决的，只是个时间问题。"大伟觉得艾丽思说的也有道理，与其整天愁眉苦脸的，不如借此时机观赏尼斯风光，领略领略这座城市的风情。

　　尼斯位于法国南部的地中海沿岸，它隶属于普罗旺斯－阿尔卑斯－蔚蓝海岸地区，处于法国马赛和意大利热那亚之间，是法国仅次于巴黎的第二大旅游胜地，也是全欧洲最具魅力的黄金海岸。海边豪华别墅酒店、比比皆是的昂贵商店和艺术气息的交织，使尼斯形成富丽堂皇与典雅优美于一体的独特美，有"世界富豪聚集中心"之誉。早在二战前，这里就是欧洲贵族的最爱，沙皇尼古拉一世遗孀，英国维多利亚女皇等都曾来此度假并留连忘返，在尼斯人心中他们是最富有的法国人。在英国人散步大道的中心位置坐落着一幢建于1898—1901年间的仿意大利风格的别墅，这幢外观优雅壮观的建筑原为拿破仑的后代马塞纳所有，他于1917年捐赠给政府，4 年后改建成美术馆，并向公众开放。进门便是精致的英式庭院，馆内陈列着不少和拿破仑有关的文物和家具。二楼的三个馆内分别展示着尼斯 1792—1914 年的文物画作，通过这些作品可以窥见尼斯的以往，包括早期嘉年华的场景。三楼主要展示一些在尼斯生活、工作过的音乐家、艺术家的创作。从三楼窗口俯视尼斯海湾风光，犹如一幅幅美不胜收的风景画。

沿着天使湾的英国人散步大道可一路走到尼斯老城区东侧的城堡遗迹公园，这座当地著名的城堡花园，盘踞在一座小山丘之上，它也是划分尼斯新旧城区的一道分界线。城堡丘陵是尼斯这座城市的诞生摇篮。公元 10 世纪，罗马人在城堡山上建起了圣母玛莉亚大教堂，随后堡垒、城墙相继兴建，城堡山成为一座坚固的城池，是希腊古代城市和第一座中世纪城市的要塞，1706 年法国和西班牙战争中，该城池被法军攻陷后，路易十四下令将城堡和围墙全部拆除，城堡山从此失去了它的辉煌，现在只能凭借城堡丘陵仅余的几面墙等残存的遗迹去想象当年的气势了。昔日圣母院遗址以及山丘之上的城堡现在已被辟为林阴道，可以由此登上山顶。山本身并不高，但因其地理位置特殊，从山顶宽阔的平台四望，可以俯瞰尼斯全城以及天使湾全景。站在城堡丘陵的山顶，俯视着脚下的天使湾，大伟感觉自己完全被这座城市的魅力所

征服，它去过全世界许许多多地方，只有这里和他向往的居住环境最为接近，从而坚定了他要把已经属于自己的房子拿到手的信念。

那天，大伟和艾丽思沿着英国人散步大道往左走到海边的阿尔贝托花园里。这个花园是 19 世纪后期形成的，是尼斯最古老的花园之一，以比利时国王阿尔贝托一世命名。阿尔贝托花园里有大片的绿地、粗壮的椰树和精美的雕塑。花园内绿树环绕，花园中间有个喷水池。喷水池里有三个裸女雕塑，水柱喷射到裸女身上，好像正在洗浴，动感十足。花园里矗立着尼斯著名的百年纪念碑，这个纪念碑建成于 1896 年，它是为纪念 1793 年 2 月 4 日颁发的尼斯归属法国的法令而建造的。纪念碑由一个尖锐的金字塔型的基座与代表胜利的铜像组成。抬头望去，碑的顶端是一尊带有双翼的胜利女神雕像，她一手拿着酒壶，一手拿着金杯。金字塔型的基座上有一组雕像，寓意尼斯回到法国的怀抱。艾丽思发现纪念碑上面有 4 个数字，便问大伟这 4 个数字的含义。大伟说："1793 是尼斯归属法国的年份；1860 年拿破仑三世和萨丁尼亚王国签订条约，尼斯再次归属法国；1893 是尼斯归属法国一百周年的年代，所以纪念碑上面原有三个数字：1793、1893 和 1860。作为百年纪念碑，在 1960 年上面又添了第 4 个数字 1960，那是纪念尼斯再次归属法国一百周年。"艾丽思说：

　　"哦！原来这一连串数字还藏着尼斯的历史呢！"穿过阿尔
贝托花园一侧的小道，两人便来到了尼斯市中心的马塞纳广
场。连接尼斯老城与新城的马塞纳广场以尼斯最杰出的市民
安德烈·马塞纳（1758-1817）名字命名，出生于尼斯的马
塞纳是拿破仑 1804 年称帝时首批获授帝国元帅的 18 位法国
将领之一，而且拿破仑称赞马塞纳"英勇善战""功劳最大"。
据说作战指挥能力仅次于拿破仑。马塞纳广场的南面是尼斯
老城，北面是让·梅德桑大街，中央部分覆盖着帕隆河河床。
作为尼斯最热闹的广场之一的马塞纳广场最初是由两个广场
合并而成。南半部是半圆形的卡洛·阿尔贝托广场，建筑为
新古典主义风格，建于 1820 年 -1830 年。北半部为长方形，

是马塞纳广场本身，建筑为 18 世纪风格，建于 1840 年 –1852 年。马塞纳广场为半步行街，呈直角的有轨电车穿行其中，广场地面覆盖着黑白两色石块形成格子形状，很有意大利风格，中央部分的周围是 36 棵石松。广场四周全是围着一圈酒红色的中世纪都灵式建筑，赭红色的联拱廊使广场显得非常宏伟壮观，极富贵族气派。也许是因为马塞纳是法语太阳的意思，在马塞纳广场上设有一个大型喷泉，名字就叫太阳喷泉。喷泉中心的雕塑是高达 7 米的太阳神阿波罗，周围的青铜雕塑分别代表希腊神话中的水星、金星、地球、火星和土星。这个喷泉是 1956 年建成的，巨大的广场上散布着很多喷口，喷起水来十分壮观，吸引着儿童们前来玩水。广场上的标志性建筑物是 7 根高大的柱子，柱子顶上或蹲或坐着一个树脂雕塑中空的人像，这是西班牙艺术家霍姆·普伦萨设计的作品，7 座雕塑代表 7 个大洲，名字叫做："尼斯对话"，代表了七大洲之间的对话，晚上，这 7 个树脂人像会发出或蓝或红的光，很有神秘的感觉。这个休闲广场的两侧是银行、商店、百货店以及众多的餐厅和咖啡馆。广场上缓缓驶来的摩登子弹型有轨电车，给人以时空交错的感觉。

夕阳像一个醉汉，踉踉跄跄地跌到山那边去了，溅起了片片盛开的橘红色晚霞，无比柔和。大伟和艾丽思相挽着走进广场边的一家餐厅，点了几个法式菜，坐在临街的窗前，

边看街景边慢慢享用。

　　天色一点一点地暗了下来，街边的路灯开始亮起，来广场休闲的人群很快多了起来。夜幕降临后，灯火璀璨的广场又成了年轻人飙舞的舞台，还有一些街头艺人也在广场上摆开了舞台表演。大伟说，这里逢节假日有花车巡游、音乐演出、杂耍表演，还会摆出摊位，热闹得很呢。艾丽思说，等我们尼斯的房子拿到后，就可以经常来这里散步了。

摩纳哥

游览了尼斯城区后，大伟和艾丽思对这座城市越加钟情，他们决定暂时安安静静地住下来等待。俩人每天在酒店附近的英国人大道散散步，到海滩边坐坐，晒晒太阳。在阳光下、海滩上度过的岁月充满了闲适的味道，它们某种程度上驱散了房子给他们带来的烦恼。一个月很快过去了，关于房子的消息依然茫茫。律师维克托说，按照尼斯的习惯，7月和8月办事部门要放假，只能等到9月以后。住在内格雷斯科酒店里的大伟心里难免惆怅，想想自己明明已付了房款，却拿不到房子，大伟禁不住望着酒店窗外如画的景色长吁了一口气。看着丈夫难过的样子，艾丽思自然心疼。她想了想说："任何问题都有解决的办法，无法可想的事是没有的。既然这样，我们不如利用这段时间到尼斯周边去玩玩，你看如何？"大伟觉得太太的这个主意不错，与其干等，不如去周边旅游，借此消解心中的不爽。便答应了。

大伟有位意大利朋友，他叫佛朗西斯科，50出头的他身材高大挺拔，有着一头微微卷曲的棕色头发，兰灰色的大眼睛，高高的鼻梁带点鹰钩，上翘的嘴唇似乎总是微笑着，极富魅力。和大伟的安静内敛不同，佛朗西斯科性格开朗，热情似火，他性格开朗，声音洪亮，喜欢说笑，是个有趣的人。佛朗西斯科的家在摩纳哥。大伟和他交往十几年了，是很好的朋友。家在摩纳哥的佛朗西斯科是摩纳哥游艇会员，他是位商人，也曾是 F1 的赛车手，好几次邀请大伟和太太去摩纳哥游玩，可是，大伟由于忙于琐事，始终未能成行。现在，当佛朗西斯科知道大伟住在尼斯酒店时，就打电话给大伟，说是周末想接他们去摩纳哥好好玩玩。大伟答应了。那天上午，佛朗西斯科兴高采烈地开了辆宝马车来到了大伟下榻的内格雷思科酒店。只见他满面春风，穿了一身米白色的麻质休闲西装，脚上配着一双白色休闲皮鞋，利落潇洒。见了候在酒店大堂的大伟，佛朗西斯科大步上前给了他一个热情的大拥抱。这天大伟也穿得较休闲，粉色衬衫配白色长裤，显得气度不凡。艾丽思穿着一条轻盈飘逸的柠檬黄小花长裙，十分俏丽。佛朗西斯科上前很绅士地拿起她的手，在她手背上轻轻地吻了下。这时酒店的门童上前为他们打开了车门，艾丽思雀跃地坐上了副驾驶位。曾是位出色赛车手的佛朗西斯科说：去摩纳哥有三条路可供选择，第一条是沿着蔚蓝海岸的海边行驶，第二条是沿小城镇行驶，第三条是他自己最喜欢也是最快抵达摩纳哥的一条山路。这条山路位于尼斯山路的最高处，整条山路盘旋而上，弯道颇多，一路上没有红绿灯，车辆也不多。佛朗西斯科建议走第三条路，这让艾丽思十分兴奋，因为这

条路就是他们买下的房子沿途的路，她可以借此机会认识一下房子周边的环境，虽然房子到手还遥遥无期，但能先熟悉一下总是件好事。

摩纳哥王国素有欧洲的"拉斯维加斯"之称。这座位于地中海边峭壁上的公国，面积仅 1.95 平方公里，居民 3 万余人，是世界上海岸线最短的袖珍小国，也是世界上最古老的具有独立和自主权的君主制国家。摩纳哥虽小，历史却很悠久且跌宕起伏。起初它被利古里亚人占领，后依次被罗马人和蛮族侵吞。1297 年热那亚人 Grimaldi 家族正式在此定居，其后裔由此渐渐成为封建首领和王公贵族，至今已统治了摩纳哥 700 多年。它依山傍海，以同时拥有阿尔卑斯山景和地中海的阳光与海水的独特地理位置而闻名天下。

车沿着山路盘旋而上，艾丽思体验到了坐在赛车手边上的刺激感。一路上经过路边一幢幢精致的小洋房，有些虽很古老，但很欧式，房子周围种植着许多花草树木，田园风光浓郁。由于是在住宅区，车速只能保持 40—50 公里的时速，这对于佛朗西斯科是很不过瘾的。当车一驶离住宅区，佛朗西斯科油门一踩，车子就像脱缰的野马般直冲出去。他越开越快，时速达到了 110 公里，艾丽思紧张地把手紧紧拉住车门把手，还情不自禁地尖叫连连，这让佛朗西斯科更加兴奋，他开心地笑着说："艾丽思，请相信我的车技，这速度根本不算什么。"可是，艾丽思还是非常紧张，只见前面的车辆纷纷为他们的车让路，并换线进入右侧车道。艾丽思伸出自己冒汗的双手给佛朗西斯科看，他依旧笑笑说："艾丽思，请相信我的车技。因为你的关系，我已经开得很慢了，这只是普通速度。"他又转头对后面坐着的大伟说："你在欧洲住了那么久，几乎就是半个德国人了，欧洲人开车的速度都比较快，尤其是在德国，你应该很习惯了吧！"大伟点头微笑着说"是这样的。"佛朗西斯科转脸对艾丽思说："你看，大伟都已经习惯了，你尽可不必担心！"当车开到山崖拐弯处，前面突然冒出了一辆红色敞篷车，而且向着他们的车迎面驶来。这是条单车道，可能对方司机以为这条山路车辆不多，所以在急转弯时开在了中间的行车线上，而不是靠山崖旁行驶。艾丽思一下子被吓懵了，佛朗西斯科却是镇定自若，只见他娴熟地将方向盘向右转几圈后立即再向左转几圈，然后靠着山崖边巧妙地绕过了那辆红色敞篷车。这时，红色敞篷车也立即减速并马上拉回了自己的单车道，犯规的司机伸出手来友好地挥了挥，以表示自己的歉意。惊魂未定的艾丽思抱怨地对佛朗西斯科说："在法国怎么也有这种不守规矩的人，这不是要害人吗？"这时的佛朗西斯科和平时活泼幽默的他判若两人，他一脸严肃地轻轻说了句："在这种山崖上开车一定要避免将车开在中间的行车线上，不然实在是太危险了。"

其实艾丽思的紧张是另有缘故的，只是在当时的情况下不便提及。大伟不久前刚和她说起过摩纳哥王妃格蕾丝的故事。这位美丽的王妃就是在这条公路上因乘坐的轿车急转弯时开得太快，刹车突然失灵，导致连人带车从40米高的山崖滚落而香消玉殒的。艾丽思清楚地记得，那是不久前，在尼斯的海边，大伟和她一边晒着太阳，一边闲聊。大伟眯眼望着灿烂的阳光，对艾丽思说："你记得我们看过的电影《乡下姑娘》吗？"艾丽思说："当然记得，女主角是好莱坞演员格蕾丝·凯利扮演的，她可真美！"大伟说："她后来成了摩纳哥王妃。"艾丽思瞪大双眼，说："真的吗？你快讲给我听听。"大伟慢声细语地说："25岁的格蕾丝·凯利凭借《乡下姑娘》一举夺得了奥斯卡影后的桂冠。1955年，她在赴法国参加夏纳电影节期间，结识了摩纳哥公国王子雷尼尔亲王，王子对美丽优雅的格蕾丝·凯丽一见钟情。分开后，雷尼尔亲王相思难禁，在当年岁末，他远涉重洋，去往格蕾丝家求婚。翌年，雷尼尔正式成为国王，他以摩纳哥公国的名义发表了婚约。当时，格蕾丝·凯利正在拍摄由她主演的影片《上流社会》。1956年4月19日，雷尼尔国王和格蕾丝·凯丽举行了盛大的结婚典礼，格蕾丝妩媚优雅的笑容，摇曳生姿的步态，令见到者惊艳，小小的摩纳王国从此拥有了一位高贵美丽的王后。摩纳哥作为邮票王国发行了一套8枚同图、不同面值的雕刻版邮票，8枚邮票色彩各异，这真正应验了电影观众惜别凯丽时发出的感叹："以后只能在邮票上见到她了！"多年以后，好莱坞还在怀恋着她，包括希区柯克在内的著名导演都曾以多年合作的情谊盛邀凯丽出演角色，但身为王妃的凯丽都婉言谢绝了。"艾丽思说："那《上流社会》岂不成了凯丽拍摄的最后一部影片了？"大伟点点头说："是的。不过，她并没有闲着，从 1958 年开始，格蕾丝王妃担任了摩纳哥红十字会主席，把主要精力放在了社会福利事业上，还参加国际上重大的互助活动。她的工作改善了王室成员在世人面前的形象，为摩纳哥的发展创造了机会。"格蕾丝为雷尼尔生下了一个王子和两个公主。艾丽思说："他们真幸福啊！"大伟轻轻叹了口气，说："不幸的是，1982 年 9 月 13 日早晨，格蕾丝亲自驾车和史蒂芬妮公主一起从法国南部的别墅返回摩纳哥，途中因急转弯，刹车失灵，轿车从 40 米高的山崖滚下。经抢救，女儿死里逃生，9 月 15 日，格蕾丝在国王的怀抱里香消玉殒，年仅 52 岁。"艾丽思说："太可惜了！那位国王一定是痛不欲生了。"大伟说："是啊！但伤心又有何用？9 月 18 日，摩纳哥公国为红消香断的王妃举行了国葬。她的灵柩安放在皇家教堂的地下室内，旁边还留着同样大小的一个空穴，雷尼尔国王决定死后和妻子合葬。"艾丽思说："格蕾丝的故事真像一个美丽而又凄婉的童话。"大伟说："是的，现在摩纳哥有一个格蕾丝王妃玫瑰园，园内种植了 4500 多株玫瑰，其中 150 株出自名家之手。可见人们对这位美丽王妃的热爱。"艾丽思赞叹道："真是一个浪漫而又神秘的城市！"

毕竟是赛车手，这条一般需要 45 分钟才能安全开到的路程佛朗西斯科只用了 25 分钟便开到了。车抵达摩纳哥首都蒙特卡洛，佛朗西斯科泊好车，艾丽思深深吸一口气说："总算到了！我的上帝！"佛朗西斯科随即兴奋地对艾丽思说："下次我们再来摩纳哥，就不开车了，我开摩托车去接你，估计你没试过吧？那会更刺激！"

大伟在旁笑着说："看样子艾丽思不敢坐你的摩托车。"艾丽思不知道如何回答佛朗西斯科，看着他期待的眼神，便不甘示弱地说："我不怕的，有机会下次就试试。"三人发出一阵笑声。其实，艾丽思也只是说说罢了，之后多年，她都没敢尝试。

蒙特卡洛是摩纳哥的历史中心，也是世界著名的四大赌城之一。蒙特卡洛大赌场建于1863年，当时只是摩纳哥亲王三世为了解决财政危机而建造的场所，如今却已成为欧洲王公贵族、商界名流光顾的旅游胜地。当地住宿、就餐、乘车甚至买报都带有博彩色彩，你可能随时能抽奖中彩。作为欧洲最古老的大型赌场，蒙特卡洛至今完好保留着百年前建成时的风貌，它是由巴黎歌剧院的同一设计师Gamier所设计的，宫殿般的建筑宛如一座华丽的王宫，颇有高高在上的贵族风范。与赌场拉斯维加斯那种人人可以上桌睹两下的"平民化赌风"不同，蒙特卡洛是富豪挥金如土、寻欢作乐的专场，普通的摩纳哥公民不得进入赌场。游客进入赌场参观需要购买门票，没有一掷千金的家底和打算，绝不能坐上赌局。蒙特卡洛大赌场内还设有豪华气派的芭蕾剧场和歌剧院、海滨浴场、温泉浴以及运动场地等游乐设施。赌场门口各种豪车如云，有些豪车是人们从未见过的，包括各种造型别致的古董车、各款赛车等等。据说，有许多人甚至特地到这里来一睹豪车风范。赌场外是一个三角广场，广场左侧是巴黎饭店，右侧是巴黎咖啡馆，前方则是价格不菲的名牌服装店。他们三人在赌场对面的巴黎咖啡馆门口的露天咖啡座坐下，这个露天咖啡座门前有白色的低矮石头花盆围栏，花盆里栽着四季盛开的草本花木，现在花盆里栽着的是一排盛开的黄色雏菊，素雅而明艳。这排花盆巧妙地隔开了街道的人流，使咖啡座成为独立的空间。和一般的露天咖啡座不同的是这个咖啡座有敞开的门，门前站立着侍者，只有买了咖啡的客人才能入内。

　　咖啡座里边是一张张小圆桌和藤木靠背椅，上面有黑白坐垫，每张桌子上方都撑起了一把白色的遮阳伞，而遮阳伞上面还搭出了白色的凉棚。摩纳哥天气炎热，这些凉棚和遮阳伞使喝咖啡的人能免受骄阳的暴晒。佛朗西斯科说："这个面朝赌场的咖啡座是全世界有名的，我们也去喝一杯，歇歇脚吧！"他们买好咖啡从敞开小门入内，找了个座位坐下，边喝咖啡边看着眼前驶过的一辆辆高颜值的豪车。坐在豪车里的人都是些帅哥靓女，打扮时尚，美人香车在赌场门前形

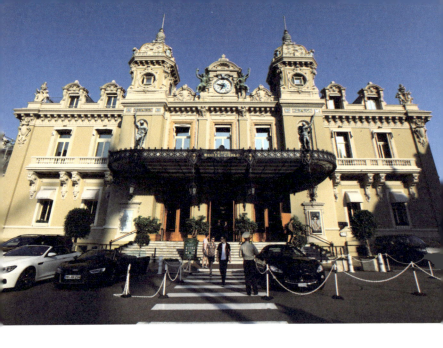

成一道美丽的风景。广场的一边是连绵的山脉，中间是碧绿的草坪，草坪间杂着一丛丛猩红的鲜花，上面是高高的椰子树，其间点缀着一些造型别致的建筑物，有奢侈品专卖店也有公寓大楼，山野的清新和都市的繁华交融在一起，令人心旷神怡。艾丽思说："要说环境，这个咖啡座的环境真是无与伦比，怪不得世界闻名。"

因为要赶着去首都游览皇宫，所以，他们喝了杯拿铁就匆匆离开了。

与蒙特卡洛相比，摩纳哥的首都显然就小了许多，这个小国之都位于滨海阿尔卑斯山脉延伸入海的一处悬崖顶上，因而人们通常称其为"悬崖顶上的首都"，城内只有两条主要街道，但位于市内的王宫与著名的海洋博物馆都堪称建筑上的奇观。

摩纳哥王宫的正式名称是摩纳哥大公官邸，依山傍海的摩纳哥王宫建筑建于 1191 年，浅黄色的建筑背依浅灰色的带有射孔的塔楼，看上去庄严肃穆。这里曾是 1215 年热那亚人修筑的一座军事要塞，在漫长的历史中，经历了无数的外来围困和炮火。十七世纪以后这里才成为王宫。王宫前的广场上有一尊高大的塑像，那是阿尔伯特王子的塑像，塑像四周摆着一门威风凛凛的大炮和垒成尖顶的数堆炮弹。1899—1922 年在位的阿尔伯特一世是摩纳哥历史上的一位传奇大公，他年轻时曾在西班牙海军服役，在普法战争中加入了法国海军，并因战功卓著荣获军团勋章。阿尔伯特王子还是公认的现代海洋学奠基人之一，他曾亲自率领船队多次出海探险考察，足迹甚至遍及北冰洋。对海洋的热爱使他亲自在自己的国土上建起了一座海洋博物馆。博物馆建于 1910 年，它正面向着摩纳哥老街，背面高高耸立在海边的峭壁上，这座举世闻名的博物馆致力于对海底世界的研究，拥有世界上最大的珊瑚礁：400 立方米水、鲨鱼、大鳐鱼、众多的热带鱼种和活珊瑚，是世界上独一无二的鲨鱼礁湖。在阿尔伯特王子塑像的一侧便是观景平台，站在平台上可以看到海湾和依山而建的房子。这里是游人眺望和拍摄摩纳哥全景的最佳处，东北侧则是停满了豪华游艇的蒙特卡洛港口，西南可见丰维耶区和蒜头角。如今的摩纳哥王宫里一半是王室成员的家庭住所和办公场所，另一半是博物馆。属于博物馆部分每年从 6 月 1 日到 10 月 31 日向游客开放，只须 6 欧元的门票。参观区域包括皇家公寓以及拿破仑纪念馆和皇宫历史成就收藏馆。拿破仑纪念馆设立在王宫南翼一楼，里面陈列着法兰西第一帝国时期的 1000 多件实物及文件，那是拿破仑一世皇帝的私人物品以及罗马王的衣物和圣海仑岛留下的遗物等。三人走进王宫，不由为其精致的奢华深深赞叹。只见那里有 16 世纪意大利风格的长廊和精美绝伦的壁画、有路易十五金光灿灿的客厅、金蓝相间的蓝厅，彩色细木镶嵌的马萨兰客厅以及装有文艺复兴时期大壁炉的王位厅，还有路易十五客厅、17 世纪的巴拉丁教堂，白石修建的圣马力塔楼，17 世纪的 Carrare 大理石双螺旋楼梯和大殿……虽然只是走马观花，但已经让他们感觉到仿佛做了一次从中世纪教皇时期到拿破仑战争时期的横贯几个世纪的旅游。

　　他们参观完王宫出来时正逢王宫守卫的换岗仪式。自公国成立以来，亲王宫殿的卫队就负责王宫的守卫，如今还保留着每天上午 11:55 和下午 4 点执行的换岗仪式。100 多年来，这个仪式每天不变地进行着。卫队身着华丽的服装，冬季为黑色，夏季为白色。看着那些身材修长挺拔、气质贵族的王宫卫兵身穿雪白的制服，交接仪式完成得一丝不苟，周围站满了特地前来观赏这一仪式的游客，其中已暗含了表演的成分，这让喜欢真实的大伟有些不舒服。他看了几眼就说："我们走吧！"王宫对面就是摩纳哥老城的入口，移步前往，但见街道石阶蜿蜒，各种颜色的房子分列两旁，大多是橘红、浅黄、橙色等暖色调，木质的百叶窗是橄榄绿色，配上白色的阳台栏杆，阳台上的花盆里盛开着美丽的鲜花，犹如童话世界，这些可爱的房子底楼开出了咖啡馆、餐馆和卖纪念品的小店，琳琅满目，吸引游客驻足。离老街不远便是古老的摩纳哥大教堂。摩纳哥大教堂始建于 1875 年，建筑风格为当时风靡一时的罗马－拜占庭风格，教堂大门前高高的台阶使教堂更显神圣，教堂里一整套文艺复兴之前时期的尼斯艺术家作品尤其引人注目。吸引人注意的还有位于教堂祭坛间周围的回廊中的另外三个尼斯学派的护墙板。在教堂右侧的十字耳堂，在圣器室门的上方，有一个非常漂亮的装饰屏，其背景为摩纳哥风景。大伟一家都是虔诚的基督教徒，每到一座教堂，他们一定会进去在祭坛上点上蜡烛，默默祷告，这次自然也不例外。

摩纳哥之游使大伟的心慢慢安静了下来。回去的路上，佛朗西斯科开车走的不是弯道多的山路，而是另一条比较平坦的路。他说，为了更好地了解摩纳哥，我建议你们去芒通

看看，那里还留存着摩纳哥领主诺荷黑二世的王宫，现在已被辟为考克多博物馆。大伟一听就有兴趣，说好啊！这可值得一去。佛朗西斯科说："哪天我再来接你们去。"大伟说："你工作那么忙，今天已耽误了你整整一天，我们自己开车去芒通就可以了。"佛朗西斯科知道大伟的脾气，也就不再坚持了。有时候，好朋友是需要彼此读懂对方的，只有相互了解才能相处得舒服。

芒通

从摩纳哥回来一周后，大伟和艾丽思又去了芒通。

作为法国东南部邻近意大利边界的芒通距尼斯不远，过了摩纳哥，再开15分钟左右便到了。这是一个特别的城市，被称之为"法国珍珠"。它是由罗马人建城，12世纪时，由来自热内亚的凡多家族统治。1346年，芒通成为摩纳哥王室格里马迪家族的资产，从此，芒通的历史就和摩纳哥共进退。摩纳哥领主诺荷黑二世将他自己的王宫建在旧城区，并下令兴建堡垒，这座堡垒至今仍在，就是现在的考克多博物馆所在地。1793年，摩纳哥被迫成为法国共和国的一部分，1815年的《巴黎和约》中把摩纳哥及芒通都纳入萨丁尼亚王国的保护下，后来又经过几次变革，1861年摩纳哥将芒通割让给法国，芒通终于找到了自己最后的主人。今天，芒通上空的战争硝烟早已散去，经历了数百年蔚蓝海岸和煦海风吹拂的芒通，已经成为兼具古风与现代生活方式的城镇，走进芒通，仿佛走进了时空隧道，古罗马、法国、意大利不同国家的文明遗迹在这个城市相安无事。

当大伟和艾丽思来到芒通时，感觉这里不愧为拥有"地中海上的花园阳台"的美誉，触目所见的是五彩缤纷的热带花卉以及精心修饰的花园，仿佛一脚跌入一个瑰丽奇异的童

话世界。从一条石板阶梯的小路攀登上去便到了城镇中心矗
立着的圣米歇尔教堂，那是芒通最著名的建筑。它始建于
1611 年，因为有一座美丽而突出的钟楼而成为芒通的标志
性建筑。教堂正立面为两层构式，上层正中有大天使圣米歇
尔的雕像，圣米歇尔代表的是公正平衡的形象，也是圣经中
在最后末日审判中手持天平决定世人命运的重要角色。在他

下面的左边是萨丁尼亚王国骑士持刀的雕像，右边则是驱逐黑死病的图腾。在教堂东侧面附近的是一座八边形角塔，房顶则是根据当时热那亚所流行的建筑样式建造的，塔顶用光滑的彩色瓷砖铺就，最高的钟楼则是 17 世纪时建成的巴洛克风格，从这座圆形钟楼顶的各个方向都能俯瞰整个芒通景色。可惜他们去的时候，教堂大门紧闭，仔细一看，原来它要到下午三点才开，而现在只有下午一点。于是，两人便走向钟楼所在的广场，周边的建筑呈现了法国蔚蓝海岸地区巴洛克建筑的风格，这在南法并不多见，倒是给了大伟惊喜。在广场墙上他们还看到了一幅庆祝格里马迪家族统治 700 年（1297—1997）的纪念壁画，这个广场还是芒通举行夏季音乐会的场所，同时，也是眺望芒通海岸线的最佳观赏点，从教堂前方望去，可以看到地中海和游艇湾。芒通的海边长着欧洲少见的高大棕榈树，棕榈树下一幢幢色彩鲜艳的房子映衬着湛蓝的海水，漂亮极了，更难得的是明净的海滩至今保持着这座曾为渔村的城市的淳朴气息。虽然一些欧洲贵族曾来此度假，甚至在这里修建了行宫和别墅，但芒通却没有留下任何傲慢的上流社会气质，依旧是那样温婉平和，让人情不自禁地走近它。

从圣米歇尔所在的广场沿着砖头路往前走就进入了芒通的旧城区，这条路是芒通的第一条砖头路。再往前走，可以看到三条道路，其中一条称之为"直角"，顾名思义，就是笔直的道路。其实，早在罗马时代，芒通是罗马人所建的交通要道城市之一，如今，走在这里，犹如走入意大利的小镇街道，沿街米黄色的三层楼建筑，简陋古旧的木门木窗，窗口摆着的花花草草，窗前微笑着的老人，一切都透着安静祥和，而夹在楼与楼中间的阁楼显示着典型的意大利民居风格。往另一个方向走，便可走到芒通的步行街，这条游人"必经通道"的两旁开设着各种店铺，有服饰店、食品店、传统手工艺品店。一些卖蔬菜、水果、鲜花的店铺透着美美的生活气息，而最受游人青睐的是带有柑橘类水果香味的"芒通之水"香水和用橄榄油特制的马赛香皂，他们常常会买一大堆回去做伴手礼。而艾丽思最喜欢的还是普罗旺斯风格的家具饰品及桌布窗帘，尽管现在还住在酒店里，但她还是控制不住买了好几块桌布，她太喜欢那种普罗旺斯风格了。经过一家名为拱门的果酱店，店里墙壁上贴着的是 20 世纪初英国的商业广告海报。这家果酱店已有 35 年的历史，店内至今仍使用传统的方法制作果酱，据说店里供应的 200 多种口味的果酱每一种口味都是经过研究、开会讨论，请客人试吃评价后才决定要不要生产的。因此，除了芒通本地的老主顾外，许多意大利和法国其他地区的游客也慕名前来购买。两人选购了店里最受欢迎的苦味橘、三种柑橘和最能代表芒通的柠檬果酱，

准备带回去夹法国棍子（Baguette）面包吃。

　　佛朗西斯科说的考克多博物馆坐落在芒通步行街的尽头，这座博物馆原是17世纪为保护芒通所建的堡垒，是一座可以眺望大海的听得到海浪声的小城堡，现在里面收藏了电影导演、作家、画家、诗人于一身的考克多半数以上的画作以及一些年代久远的影视作品和他自编自画的小说插图，还有一些以前制作的陶艺作品等。据说，这位对艺术充满热情的奇才非常喜爱蔚蓝海岸边的芒通，在这里待了很长时间，所以芒通就把这座堡垒辟为了考克多博物馆。大伟买了门票和艾丽思一起走了进去，他们都是现代绘画的爱好者，具有非主流非学院派的前卫色彩的考克多自然是他们欣赏的画家之一。进门就能看到了考克多消瘦的放大照片以及马赛克镶成的作品，旁边是纪念品店。从狭窄的楼梯走到二楼，展示的全是考克多的画作。闪烁的阳光、纯净的海洋、粗犷的水手、戴遮阳帽的贵妇等是画的主题，最令人瞩目的是考克多为20世纪60年代的著名性感女星、有法国的性感小猫之誉的碧姬芭杜所创作的画作。博物馆里还展示了考克多在1961年的系列画作《芒通人不道德之恋》，内容是一个青年渔夫和一个小女孩调情的故事。博物馆不大，很快就逛完了。出来后，大伟感慨地说，考克多在用他的创作和我们对话呢，他对艺术的意念全都寄托在里面了。艾丽思说："不过，他最出名的作品是电影名作《美女与野兽》，可能知道这部电影的人比知道考克多的人要多得多吧！"大伟说："可能他也并不在乎人们知道或是不知道他吧！但是从他的画里人们可以透过世俗的眼光欣赏到绘画家的内心深处。"当他们来到芒通市政厅内的结婚礼堂时，再一次为这位不羁的艺术家所震撼了，里面的壁画居然全是考克多于1957—1958年亲笔绘制的，正面的壁画是一对相望的男女，女子头上戴的帽子是当地传统的配饰，天花板上是骑马的天使。两边墙壁上是热闹的婚礼场景。这些壁画洋溢着考克多异想天开的梦幻世界与地中海随性明亮的浪漫气息，让人情不自禁地跌入他瑰丽而奇异的梦想世界，同时，也让这间平凡的小婚礼堂变得风情无限。大伟对艾丽思说："你别看这个结婚礼堂那么小那么简陋，法国有多位知名的歌星与影星在此举行婚礼呢"。

　　从博物馆下来的途中，艾丽思问大伟："你听说过芒通还有个柠檬节吗？"大伟笑了，说："那可是世界上独一无二的盛会，每年都要用掉130吨以上的柠檬和柑橘呢！""什么时候举办呢？"艾丽思一脸神往地问大伟。"那可要等到明年的二、三月份了。那是柠檬的采收时节，使用柠檬做成的各种花车，不但颜色鲜艳美丽，而且散发出的柠檬香味也十分怡人。"艾丽思说："这个柠檬节每年都举办吗？"大伟："是的。它源于1929年，那时，一位从事饭店工作的人为了歌颂上天赐给他们这样美丽又好吃的黄色果实并庆祝丰收，便在饭店花园里举办柑橘花卉展览，没想到大受民众好评。于是官方便从 1934 年每年 2 月举办为期 2—3 周的芒通柠檬节。芒通盛产柠檬，为了庆祝柠檬的丰收，富有幽默感和想象力的芒通人用万千只新鲜柠檬和柑橘扎成一座座巨大而绝妙的雕塑，有动物、有器皿、有城堡、有教堂，而且年年有不同的主题，所有展示和活动都围绕着这个主题展开。过去几年主题常选自迪士尼童话故事，这几年焦点开始放在全世界，如"芒通歌咏世界"、"芒通纪念伟大的文明"等。那可是芒通一年中最热闹的时间。除了用柠檬装饰花车及市容，芒通市中心每天还有许多娱乐活动，家家户户门前也都会用柠檬和柑橘装饰。最精彩的当数在游客服务中心对面的以设计和稀有绘画著称的比奥韦花园内的静态展览以及在阳光大道举办的花车游行。柠檬节每年都会吸引至少 25 万人前来狂欢，甚至连在英国的维多利亚女王都曾慕名前来呢！"艾丽思充满自信地说："那我们明年一定要来！"大伟点点头，他想明年这个时候，他们在尼斯肯定已经拥有自己的房子了。

到了 9 月，律师让警察请原房主让出房子，可他还是不肯搬走，又拖到 11 月，警察对律师说，现在快要到冬天了，从尼斯地方法律上说在寒冷的天气不能把他们赶出去，以免他们无家可归，流落街头。看来，只能过了冬天再说了。大伟紧锁愁眉，一言不发，他压抑着满腹委屈，幸好艾丽思是个乐观开朗的人，她见大伟日日坐卧不宁，闷闷不乐，就从正面开导安慰他："房子拿到手只是迟早的问题，我们要看到事物好的一面。既然官司都打赢了，等待迟来的美好未尝不是一件好事。"大伟是基督教徒，当然要有仁爱之心，但想想自己从春天一直等到冬天，现在又要再等到春天，什么时候是个头呢？他心里掠过一个念头：会不会是律师故意从中作梗，时间拖得越久对他越有利，以获取更多的律师费呢？但这也仅仅是想想罢了。按照大伟的为人，他是不会这么说出来的。

　　艾丽思不放心香港的家，她思念她远在香港的孩子们以及香港朋友。同时，长期住在酒店也让她感到生活很不方便。她对大伟说："这样干耗着也不是回事，我们不如先回去吧！"大伟想想也是，于是，他们决定先回香港，让维克托律师一有消息就告诉他们。

重　审

　　大伟和艾丽思回到香港后，虽然忙于日常琐事，但心里却总是牵挂着尼斯的房子，尤其是大伟，常常心神不宁。圣诞和春节相继过去，维克托那里还是一点消息都没有。大伟干脆不去催他了，因为催也没用，反加深烦恼。一直到第二年5月份，维克托那里才传来消息说，可以办理房子的事情了。大伟和艾丽思终于松了口气，两人如释重负，立即兴致勃勃地赶到尼斯和维克托会面。维克托以律师的名义让警察请原房东一家搬走，可他们就是赖着不走。无奈之下，维克托便在尼斯的报纸上刊登了一篇文章，文章中说加拿大人在尼斯买别墅，准备在这里投资，但该业主把房子卖了后又不肯搬走，提请大家注意这种极不正常的现象。这篇文章发表后引起当地很多有正义感的尼斯人的共鸣，他们觉得确实有必要整顿一下法院的腐败现象了。风声很快传到巴黎，巴黎当局也察觉到了尼斯法院的贪污现象，立即派了法院首席检察官下来处理。在调查中，这位首席检察官发现这场房产官司居然一拖两年，于是，决定立即重新开庭审理。

　　大伟在法庭上看到了那位首席检察官，只见他一头灰白色的头发梳理得纹丝不乱，同样灰白色的络腮胡子为他增添了一种威严，两条剑眉下一对似乎能洞察一切的大眼睛，温和中透出睿智。他身穿雪白的衬衣，系着一条青灰色带条纹的领带，外套灰白色的剪裁考究的西服，大伟感觉他的微笑里传递出一种让人信任的感觉。艾丽思觉得他看上去更像一位温厚长者和德高望重的学者。他们两人从一开始就已经预感到这位法官一定能为他们伸张正义。

法庭上，原房主布鲁诺傲慢地站在被告席上，他一脸自负地说："这幢房子是公司租给我的，租约上写明可以租十年，这意味着我可以再在这幢别墅里住上10年，所以根本不需要搬出去。"检察官显然在开庭前已做过详细调查，他手中掌握了很多证据确凿的材料。听了布鲁诺的话，检察官不动声色地说："好吧！那就请你把租约拿出来吧！"布鲁诺呈上租约，法官仔细看了看，交给维克托律师说："你看看租约上写的是不是如被告所说的那样。"维克托拿过来一看，立即察觉不对，这租约上所签的日期怎么会在表格印制的日子之前呢？维克托当即说："法官先生，刚才被告说合同是三年前签的，而这张表格下面印制的日期却是近期，说明三年之前根本不存在这张表格，明摆着这是一张伪造出来的假租约。"检察官说，我已经了解到被告本身就是做房产生意的，他有个地产公司，他自己就是老板，这个租约貌似公司签的，其实是被告自己给自己签的。"证据确凿，布鲁诺当即哑口无言。法官当庭宣布布鲁诺犯有伪造证件罪，判刑18个月，罚款100万法郎。其间，这幢房子里所有的地税单以及水电煤等费用全部由布鲁诺承担。因为布鲁诺已有70多岁高龄，故采取缓期执行的方式。听到宣判后的布鲁诺，面如死灰，他一下子瘫坐在座位上，嘴里不停地说着："我没这么多钱，我没这么多钱……"检察官严肃而斩钉截铁地说："没钱也要还，每月还5000法郎！"

这时，坐在下面的大伟和艾丽思感动至极，艾丽思更是忍不住泪水夺眶而出，他们根本没想到这位巴黎派遣来的高级法官竟然如此铁面无私，简直就是中国民间传说中的包青天呀！官司毫无悬念地打赢了，这意味着大伟不但可以拥有这幢房子的产权，而且还可以接受对方100万法郎的补偿。但大伟和艾丽思都是基督教徒，此刻的胜利让他们忘记了自己为房子所受的煎熬，反而动了恻隐之心。大伟想业主虽然无理，但他生意失败，又失去了自己喜欢的房子，实在是个悲剧。于是，他在法庭上当场表态说："谢谢法官。房子拿到我们已经很开心了。至于最后业主能不能偿还100万法郎的罚款对我们已经是无所谓了，也无需追究。" 最后，法庭判决，布鲁诺象征性地赔偿大伟1万法郎。

从法庭出来，维克托对大伟说："大伟先生，你也太慷慨了！这100万法郎可不是个小数目，你就这样轻轻松松地

放弃了？"大伟笑笑，没有回答。他想，有些东西不是一两
句话能够说得清楚的，何况每个人的价值观念都不一样。

　　当天，警察就很顺利地把布鲁诺一家请出了这幢房子。
由于布鲁诺在警察局工作的儿子和他们同住在这幢别墅里，
为了避免布鲁诺节外生枝，警察局派出了十几位警察，执行
这一任务，并带上了几条狼狗，一起护送布鲁诺一家离开别墅。
大伟的这场房子官司足足打了两年多，等到真正打赢，并拿
到房子，已经是 2000 年 5 月了。

装　修

　　房子拿到后，大伟和太太艾丽思没有立即住进那座别墅，还是继续住在内格雷思科酒店里，并开始找人装修房子。这幢房子占地7亩，建筑面积才1000多平方米，其余都是花园。他们进去时，花园里的杂草已长得齐腰高，像是一个小森林。其实，这幢房子让大伟魂牵梦萦的除了面朝地中海的景色就是这个花园了。大伟一家在香港的房子面向维多利亚湾，窗外的风景美不胜收，但却没有独立的花园，所以他无论如何要把尼斯房子的花园塑造成心中的伊甸园，满足自己和艾丽思对花园的所有梦想。至于房子里边倒不需要怎么大动，只要重新铺设地板，刷新墙面，为它配置有品位的家具就可以了。佛朗西斯科为他找了一位法国最有名的花园建筑设计师，他叫吉恩·莫斯，是个60多岁的意大利人。他一头花白的短发，中等个子，腰板笔挺，一套咖啡色带暗格子的西服，里面是带常青细条纹的白衬衣，系一根蟹青色领带。气质有点像艺术家的莫斯性格开朗，幽默风趣，脸上总是带着微笑。因为莫斯经常在当地的电视上讲园艺，所以，他的名字几乎家喻户晓。佛朗西斯科告诉大伟，莫斯是专门为皇家设计花园的，他的父亲就是皇家花园的花匠，所以从小就酷爱园艺。

莫斯带来了一本厚厚的装帧精致的园艺书，上面有各种各样的花园范本，他让大伟挑选。当莫斯了解到这个别墅只是大伟和家人的度假之地，而且太太艾丽思又特别喜欢花时，他便说："大伟先生，我觉得你的花园里不适合种植名花，因为名花容易凋谢，一般都盛开在你们不在的春天，当你们6月份过来时却只能看到满树的残花。所以，我为你们设计的这个花园设想以绿色为主。"大伟说："可以的，你有经验，就按照你的设想去做吧！"莫斯为花园设计了一大片灰绿色的橄榄树，大伟喜欢这种不张扬的绿，它们使花园显得沉静。在橄榄树旁他还设计种植了苹果、无花果、桃子、杏子等树木，之所以没有种太多果树，因为许多果树结果的季节和大伟到尼斯度假的日子不合拍，往往在大伟来到尼斯之前它们早就熟透了，等大伟来时，果子熟得都差不多烂在了花园里。莫斯还设计在花园里种植一些柠檬树和橘子树，作为点缀。莫斯在大片的绿树间适当点缀了一些花，以白色和蓝色为主，以显示主人的高雅品味。艾丽思喜欢薰衣草，但从尼斯到普罗旺斯的薰衣草种植地，要开好几个小时的车，善解人意的莫斯便说："这样吧，艾丽思小姐，我可以在花园里的苹果树和梨树之间为您设计一片薰衣草场地，这片地可以种植一百多束薰衣草，开花时就是一大片的紫色薰衣草，非常壮观。这样，你在自己家里就可以欣赏到普罗旺斯的薰衣草了。"

艾丽思一听，高兴得连连拍手叫好。莫斯说："薰衣草的生长需要充足的阳光，这一点在尼斯的花园里是没有问题的，它在第二第三年时长得最茂盛。接下来就会越长越小了。所以，每隔五六年就要重新栽植一次。"莫斯还说："大伟先生，这个花园设计施工及浇水系统是个大工程，您必须给我充足的时间，让我好好规划。我过几天要去雅典，为那里的一个皇家花园做设计。回来后，我就会为您的花园设计图纸了"。大伟兴奋地说："好的。"大卫对莫斯有充分的信任，他曾经翻阅过缪斯出版的花园书籍，简直爱不释手，他已经可以想象这座经莫斯设计装修的花园必定会是一座人见人爱的花园。

莫斯从雅典回来后，精心设计并绘制了图纸，图纸设计得很细致，花园里种几棵树，种些什么树，树木的尺寸大小和分布等都有详细的标注。莫斯把设计好的图纸带给大伟看，征求他和艾丽思的意见。大伟和艾丽思看着莫斯的图纸不由得张大了嘴巴，简直入了迷，对莫斯的敬佩之情由衷而起，觉得莫斯真不愧为花园大师级人物。但他们还是按照自己的意愿提出了一些设想，莫斯便按照他们的要求仔细修改，来来回回反复多次才最后确定。接下来，又用了几个月的时间为工程的实施作筹备工作。开始施工时，工人用推土机把旧的草皮全部推倒，原有的树木花草全部铲掉，然后为整座花园换上新的土壤。这段时间，大伟基本不过问，不干扰，完全放手让莫斯去做，但艾丽思却对花园的打造牵挂在心，她迫不及待地想知道花园的建造进行到哪个阶段以及花草树木种下后的效果怎么样。大伟就给她看足有六人桌那么大的整张图纸，并说："这图纸就像个房子模型，你只要闭上眼睛想象一下，就能知道整个花园是什么模样了。"兴奋的艾丽思一边看一边开心地笑着，她完全相信丈夫的眼光，同时，她也知道他们不多加干预可以让莫斯完全按照自己的设计理念来塑造花园。一年后，当大伟来接收时，发现花园确实达到了自己理想的效果，这让他非常高兴。不过，由于刚栽种的树木还太细小，花园的整体效果还不能完全显现。莫斯对大伟说："这个花园最好的视觉效果要在两年以后，那时树木已经长到一定的高度，也应该很茂盛了。那时，您会感觉更理想。"花园设计师莫斯后来和大伟成了很好的朋友，大伟每年到尼斯来度假时，总要请他过来聚聚，顺便看看花园里需要作些什么改变。莫斯还特地邀请大伟和艾丽思一起去他家玩，顺便看看他家的花园。大伟到他家一看，果然美轮美奂。莫斯说自己的这个花园已有几十年了，他每年都在不断地打理，不时补种一些植物，他对大伟说你家的花园也需要不断地打造，才会越来越美。如果说，艾丽思以前对于这位园艺师为什么要在花园里种些比较冷僻的花还不怎么理解，看了他的花园后对他的设计理念才有了新的认识，体会到莫斯是按照主人的个性来塑造花园的，这体现了这位杰出园艺师不媚俗的艺术品位。

　　在花园设计改造的同时，大伟开始了房子内部的装修。他是个喜欢简洁风格的人，何况尼斯的别墅只是用来度假，只要干净、舒适就可以了。尽管如此，还是费了一番心思。不过整个装修过程，大伟没有参与。他想给设计师最大限度的创作空间，他知道任何干扰都会妨碍优秀设计师艺术灵感的勃发。他决定和艾丽思利用这段时间好好地把南法周边的小镇逛个遍，在和设计师交代好所有事宜后，大伟就和艾丽思去了 St. PAUL 小镇。

St. PAUL

在尼斯与戛纳之间的地中海岸有一道绵延山脉的舒缓弧线，弧线顶端坐落着 St. PAUL（圣保罗）小镇。这座栖息在岩石顶部，被完美无缺的城墙包围着的小镇好象是雕刻家特地在地中海和山脉悬壁上雕刻出来的一件艺术品。小镇里仅有 300 多位居民，但是，每年却吸引了一百万以上的游客前来观光，可见其魅力。站在山脚下远远望去，这个建在悬崖峭壁之上的中世纪山城，块状般的中心圆型盘旋在山顶上，被城墙外围呈同心圆状包裹着，就像一个多层的圆蛋糕。这个位于岩壁上的小镇位于法国和意大利的边境，从 11 世纪起历史上就有记载，但一直到 1418 年，路易三世定下圣保罗为皇家镇后才在军事和行政上取得了重要地位。在公元 16 世纪时，因法国与意大利常年征战，国王弗朗索瓦一世便下令在 1543—1547 年建造了长长的城墙和坚固的城门。在那困扰和动荡的年间，这样的城墙是唯一保护自身免受侵略和掠夺的方式。如今石砌的中世纪城墙犹在，只是城牒已残缺。整座山城的建筑和城墙已被列为国家保护级的历史古迹，并被誉为世界最美山城。大伟自然不会错过这样有历史文化内涵的景致。

　　尼斯的阳光总是那么明媚，虽然有点刺眼，但纯净的蓝天上漂浮着的朵朵白云是那样的赏心悦目，令人心情愉快。一天下午，大伟和艾丽思驱车来到了圣保罗小镇。这是一个有城墙的小镇，城墙门洞前有护墙，形成一堵守护城门的瓮城。瓮城直对路口的位置竖有铁炮，铁炮的左侧是城门，而匾额不在城门上方，却砌筑在铁炮背后的城墙上。只因年代久远，匾额上的字迹已荡然无存。城墙下有一片梧桐，梧桐树下是一座餐馆，餐馆前是一个掷球广场。城门旁边，有一间紧靠山崖的法式饭店，入口处极其狭窄，似乎只是普通民宅，走

进去却豁然开朗，露天的餐桌能容纳百人同时进餐。城门有三道，第一道门之后，城洞上空仍开有天井，以保护第二道城门用，可见当年守护之严。这些城门隐身于弯曲又窄小的道路之上，这些小道当初是为了防御外敌而特别设计的。有一条路甚至叫断颈之路，因为过于陡峭而容易使人断颈送命而得名。进城门后，就进入小镇最主要的大路了，路面是用鸡蛋大的鹅卵石砌成的彩色向日葵图案，充满活力地迎送着从世界各地来的游客。在距离城门不远处有一个建于 1850 年的大喷泉，这喷泉看上去很简易，只是一个圆形的大石盆，中间是一个带盖的石杯，看上去有点像奖杯，石杯四面有出水口，流向大石盆里，这喷泉现在是圣保罗的地标，在当地的许多油画作品里可以看到它在喷泉的左侧后方辟有一个石穴，拱门内藏着一个用整块石材凿就的一座长方形水池，这里是整个城镇最重要的水源，也是圣保罗旧城区的中心。除了大喷泉，在这个石头小镇上，到处可以看到一个个水喉，在石头的缝隙间，清泉奔涌而出衔起水喉的石板，有的精雕细琢，有的简简单单地辟成石碑状，碑上刻一行字，嵌一条鱼，下端承接一个接水的石盆。游客可以用自带的容器汲取喷泉的泉水，山中的泉水，微微有点凉，带一点点甜，喝一口，沁人心脾，正好可以为游人褪去暑热。从这里往小巷里穿梭，可以穿过山城的拱门、高墙，同所有法国中世纪小镇一样，圣保罗·德旺斯街道有着古老的风味，城中现在仍遗留着16世纪的道路，这些起伏不平的道路采用石板和碎石相嵌的方法建成。城墙内侧的小路正好环绕小镇一圈，弯弯曲曲犹如迷宫一般。在迷宫似的蜿蜒曲折的道路两旁，依山势排列着一幢幢中世纪建筑物，散发着古朴的气息。大伟和艾丽思沿着小镇一条条小道悠悠地随心而走，一路上上下下，时而踏着小石道，时而一步步地上下石阶，不时可见路两旁装饰着现代陶瓷和雕塑作品，街边的一个邮箱，一盏街灯，甚至一扇木门都被赋予艺术的气质，从颜色搭配到图案点缀，从设计到摆设都透出匠心。有一家住宅门口的石雕花盆被凿成一个女人的脸，那张脸闭着眼，嘴巴微张，头发是一大蓬盛开着的黄色太阳花，说不出的妩媚。这些现代艺术作品融合进古老的街道里呈现出一种特殊的风情，令人着迷。大伟感觉自己穿梭在小镇巷子里，如同在与历史对话，与不断邂逅的艺术缠绵。大伟非常喜欢这种感觉，这些不期而遇的美丽让他感到惊喜，而艾丽思似乎更迷恋于这里随处可见的现代艺术，她尤其钟情于那些色彩艳丽的抽象艺术作品。两人一路走去，但见岁月留下的斑驳石头墙体上被青藤、绿树、鲜花装点得花团锦簇，瑰丽无比。在一个街角他们又陡然见到一大株攀援在白色石头墙面上的三角梅，那些盛开着的猩红花朵张扬地铺满了三层高的墙壁，历史的厚重感被花朵的勃勃生机晕染出一种时空交错的美感。两人禁不住发出了惊叹。大伟心想，自己已拿到尼斯的房子，一定也要种上许多三角梅，让他们盛开在自己的花园里。艾丽思说："这里实在是太美了，难怪会有那么多的陶艺家、雕刻家和玻璃工艺家等常驻此镇，这里可以激发他们的创作激情啊！"沿途不时可见一间间洞窟般的石头房子里，开出了装饰着现代艺术家作品的画廊、艺术品商店以及艺术家工作室等，每扇门内都隐匿着主人独具个性的创意与想象，每一家都引人注目。两人走进洞穴，仔细观赏着那些艺术作品，获得了极大的美感，心情变得十分愉悦。

其实，19世纪时，圣保罗还只是一个以农村经济为主的村庄。1920年，很多著名艺术家来到这里，他们迷醉于这座小镇一年里有超过300天阳光普照的日子，优越、宜人的地中海小气候吸引了越来越多的画家、音乐家、作曲家、艺术家、文人和名流来这里寻找灵感，他们在这里进行艺术创作，甚至是安家落户。毕加索对小镇钟爱有加，曾多次光顾，马蒂斯在此居住过5年，而法国画家夏加尔更是迷恋于此，他从1950年搬到这里定居直至1985年在小镇辞世。存在主义哲学家萨特和他的妻子、法国女性主义的先驱西蒙娜·德·波伏瓦都曾在这里留下了足迹。很多有名的画家、音乐作曲家更是选择了圣保罗·德望斯作为自己最后的归宿之地。有关他们的传说，变成了埋在圣保罗·德望斯历史中的神秘宝藏，从此这里就和艺术紧紧连在一起，也让全世界的人知道了这么一个魅力十足的小镇。今天的圣保罗就象是镶嵌在普罗旺斯和蔚蓝海岸之间的一颗宝石，散发着古老而美丽的光芒，吸引着成千上万的游客来此见证历史所留下的遗产。致使这个中世纪的古堡成为法国南部不可或缺的文艺山城和艺术胜地。游人们在观赏艺术作品的同时也沐浴在普罗旺斯的阳光下，欣赏着这里的柏树，柠檬果树，蜿蜒的树藤以及橄榄树所构造出的一幅独特的法国南方风景。走累的时候，靠靠墙，在小巷的夹缝间眺望远处美丽的景色，更是一种神奇的回望。假如走进画廊和展示厅，还可以买到价格适中的风景油画，甚至可以找到夏卡尔，毕加索的真迹。怎不令人流连忘返？

　　如今，这个古山镇上，仍然还是画家和艺术家们聚集的地方。六十多间画室、美术室、工作室等星罗棋布地散落在小镇里，每一个角落都彰显着浪漫的艺术气息。事实上，在欧洲有许多不出名的艺术家，他们的作品融入了大胆的想象力与丰富的创作灵感，令人看了爱不释手，虽然这些独一无二的作品大都价格不菲，但还是会被很快买走。据说，中国的美术家们在这个镇上也有一席创作、交流之地，每年都有许多中国画家，艺术家光顾此地。

　　大伟和艾丽思继续沿着大路往前走，他们在路边看到一幢"领主之屋"，也就是昔日领主的住处，据说这位领主生性浪漫，他对戏剧和马术都特别热爱。大路还连接到城边的圣保罗墓园，它位于小镇的南门，目前圣保罗仅存两座古门，一座在大道的入口，另一座就是墓园前的这座。墓园里面有画家夏加尔的墓地，夏加尔被后世认定为超现实主义派，他最擅长的是色彩鲜艳的拼贴画，画作中的人物通常是漂浮着的，绮丽的场景交错重叠，盛满着梦幻情怀以及诗意的巧思。他从1950年来到小镇，就再也没有离开过这里。去世以后他的尸体和灵魂也长眠在这里，从墓园可远眺夏加尔最爱的山

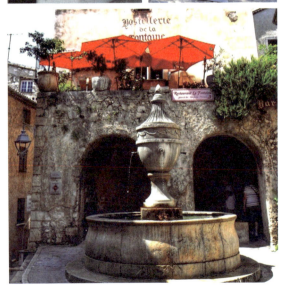

城风光。梅格基金会创办家族的墓也位于此处，梅格家族的墓是由著名雕塑家恰克梅第打造的。

在小镇的一个公园里坐落着梅格基金会创建的现代艺术馆。这个基金会是由戛纳艺术经纪商梅格夫妇于 1964 年创建设立的私人基金会。现代艺术馆的建筑外观很特别，它将现代艺术特色与精神表露无遗。艺术馆入口处的草地上放着米罗及科尔德等艺术大师的雕塑作品，再往前走，可以看到《恰克梅第之角落》里一系列《行走之人》的雕塑品，广场右侧则是《米罗迷宫》。公园右手边是圣贝纳教堂，阳光透过由布拉格设计的彩色玻璃窗洒下，十分唯美。梅格夫妇喜欢夏加尔、米罗和马蒂斯等现代艺术大师，因此馆内收藏了他们的许多作品。如夏加尔的马赛克画、雷捷的立体壁画，也有康坦斯基、法国野兽派画家布拉克、美国雕刻家考尔德、达达派先驱阿普等 20 世纪艺术巨匠的绘画、雕塑、陶制作品，还有西班牙大师米罗为基金会创作的《排水管》《拱门》《蛋》《蜥蜴》《风筝》等色彩鲜艳的现代作品，它们和艺术馆充满阳光的自然环境相得益彰。其馆内的收藏品，被认为是 20 世纪欧洲视觉艺术领域中最重要的收藏之一。小镇上还坐落着圣保罗历史博物馆，博物馆内部空间不大，却巧妙地运用了空间与楼梯的上下转折，用由巴黎雕像博物馆制作的栩栩如生的蜡像模拟出一幕幕历史场景，重现了圣保罗历史上的重要时刻。这两个馆大伟和艾丽思都只是匆匆路过，没有时间进去细看。看着艾丽思一脸的遗憾，大伟安慰她说："我一定陪你进去好好看看。"说话间他们来到了圣保罗的山顶，山顶上坐落着一座普罗旺斯罗马式的教堂，该教堂陆续修建于13—17世纪，教堂旁的钟楼建于18世纪，是小镇的最高点。起初这座教堂存放着战神和自然女神像，有着巴洛克风格和古罗马文字，后来战争时期，许多建筑都被摧毁，唯独这座教堂幸免于难。教堂内还存放着18世纪梵蒂冈送来的镇馆之宝——圣人的头骨。教堂前石块垒成的方塔是圣保罗的第一栋建筑，也是旧堡垒的遗迹。大伟和艾丽思是虔诚的基督教徒，他们像往常一样，到教堂里点亮了蜡烛，供奉在圣坛前，并坐下默默祷告。

两人从教堂出来，已是夕阳西下时分，余晖染红了在蓝天里游荡的白云，这几片白云一会儿就变成了玫瑰色的晚霞。他们一路穿行到城墙边，沿着城墙来到转角平台上，找一处人少的地方坐下来，看看山水，山是阿尔卑斯山，水是地中海，虽南北遥对，却能尽览，令大伟赏心悦目。他对艾丽思说："这里真好！看来以后我们要常来！"艾丽思用手帕擦着汗，说："自然，我们还有艺术馆和博物馆没来得及看呢！"和大伟一样，艾丽思也喜欢艺术。作为女性，她似乎更钟情于那些立体、夸张、抽象而且饱和度极高的艳丽作品，她在观赏那些作品时，往往通过自己的想象勾画出作品内深藏着的故事。事实上，在圣保罗，不管是小件还是大件的艺术作品，甚至路边墙上的涂鸦无不渗透着这些艺术创作者的灵感与创意，这些令他们留连忘返。难怪他们在之后的日子里，又一次次故地重游。

香 水

那段日子，两人很悠闲，除了有时去看看正在装修中的房子，就在酒店休息，一遍遍地观赏酒店内那些总也看不够的艺术品。有时两人就到地中海边散步，晒日光浴。大伟常常会拿本书在海滩边租个躺椅坐下，吹吹海风，看看书，倒也惬意。和大伟一样，艾丽思对大海也情有独钟。尼斯的海湛蓝湛蓝，水天相接，美不胜收。艾丽思喜欢穿着沙滩鞋，走在鹅卵石上，凝视倾听哗哗作响的海浪，那些海浪一排追逐着一排，像天上抛下来的一条条雪白的银链，朝礁石猛烈撞击，刹那间，银链碎了，瞬间又变成无数朵浪花，看得艾丽思眼花缭乱。她喜欢摄影，娇小的身躯背了个单反相机，拍海景，拍沙滩上休闲的人，自己也成了人们眼中一道美丽的风景。

大伟喜欢这样的悠闲，它符合他喜欢安静的个性。但生性活泼的艾丽思却有些不习惯了，眼前景色虽美，看多了也难免审美疲劳。那天晚上，在内格雷思科酒店，望着窗外灯火璀璨的英国人大道，艾丽思说："亲爱的，我们明天去格拉斯吧，我想去那里买点香水，回到香港也可以当手信送朋友"。大伟知道她感觉寂寞了，而且香水也是人们对浪漫法国记忆的一部分，没有什么比香水更能满足女人心里的梦了。于是便爽快地答应道："好啊！那可是蜚声全球的香水之都，法国香水工业的中心呢！"艾丽思说："是的呀！闻名国际的香奈儿5号、克里斯汀·迪奥、罗佳思等香水就出自那里"。

　　格拉斯位于地中海和阿尔卑斯山南坡之间的山麓上，这里面朝大海，四季吹拂着海风。温暖潮湿的气候和充足的阳光孕育出一个到处开满了鲜花的小镇。小镇仅有4万居民，却有超过1万亩的花园。花园里盛开着紫罗兰、玫瑰、薰衣草、甘菊、金雀花、茉莉花等。这个处处芳香的城市离尼斯不远，那天，大伟和艾丽思从内格雷思科酒店出发驱车往西，开了一个半小时就到了。这是个典型的山城，傍山而建，陡峭的台阶像一条条蜿蜒的带子把散落的塔式建筑和窄窄的石板路穿在一起。漫步其间，高低起伏的丘陵上散布着大大小小的玫瑰、茉莉、紫罗兰、甘菊、薰衣草、金合欢等各种适合制作香水的花圃，四溢的花香熏得人微醉。看着艾丽思忘情地陶醉在香花的美艳和气味中，大伟说："你大概不会想到这征服世界时尚圈的香水发明者和早期制造者竟会是这里的皮革工匠吧！"艾丽思摇摇头说："怎么可能呢？你开什么玩笑！"大伟说："我说的是真的。水源充沛的格拉斯自12世纪起就一直是皮革业的重镇。16世纪，佛罗伦萨美妇凯瑟琳·德·梅蒂茜从意大利嫁到法国，这位亨利二世夫人把她对香味的追求也一起带进了法国。在她的要求和介绍下，生产皮手套的格拉斯熟皮匠人开始在熟皮时使用香精，制成了香味皮手套，一推出便深得贵族仕女的青睐，并很快在欧洲上流社会掀起了一场香味风暴。由于格拉斯山间到处盛开着可供采摘的鲜花和香草，使这里的香精提炼技术越来越完美，当年这里的臭皮匠渐渐改行成了香水制造者，于是香水工业便应运而生了，逐渐发展成为当地的支柱性产业，仅环绕城区的香水工厂便不下 30 余家，而这个因香水工业和香水贸易而繁荣的法国南部城镇也就成了全世界最负盛名的香水之城，至今仍是巴黎各大香水厂的原料供应地，法国 80% 的香水都在此制造。为了保证香水的质量，作为原料的鲜花一直是依靠手工采摘，特别是当地出产的一种茉莉花，只能在清晨 4 点到上午 10 点之前采摘，这种近乎苛刻的传统被一代代沿袭至今。"听了大伟的介绍，艾丽思对格拉斯的兴趣更加浓厚了。她说，她以前听欧洲朋友说起过，在 16、17 世纪的时候，人们使用香水的理由却异常简单粗暴，就是为了能掩盖因不常洗澡致使身上所散发出的汗味，那时，因香水价格昂贵，只有贵族和有钱人才能享受到。

他们首先来到了古老的香水工厂花宫娜，它建于 1926 年，是世界上第一个香水工厂。香水工厂门外有两个长方形喷泉，高大茂密的热带绿色植物和盛开的鲜花包围着这家香气满溢

的工厂，古老的陶罐增强了这里的田园气息和艺术情趣。依山而建的香水工厂上下总共五层，在这里可以免费参观它的实验室与生产车间，导游会一步步为游人揭开香水制作传统工艺的秘密，让你近距离了解选香、提香、调香、制香的全过程，还可以看到调香师工作的场所。导游说，调香师是创造香水的灵魂人物，俗称"灵鼻"，一般人只能分辨出十几种气味，但调香师却至少可以记住并区分 1000-3000 种不同的香水气味，然后再将这些气味依不同比例，根据自己的经验和创意调和成令人愉悦的香味。由于这个专业要求特别高，每位调香师都要经过 10 年训练，致使调香师的地位十分崇高尊贵，目前全世界大约只有 100 多位灵鼻，分布在巴黎、纽约、格拉斯等香水业蓬勃的城市里工作，其中最多也最重要的大部分就来自格拉斯，并且 90% 为男性。参观后，艾丽思在导游的指引下，选购了几款她心仪的香水，它们被细心地包装好，装在花宫娜特制的漂亮手袋里。

紧接着，他们又来到了位于格拉斯市中心的国际香水博物馆，这座博物馆是以一座 14 世纪的古堡改建而成的。来自巴黎的设计师以早期古堡围墙为基础，结合了现代化的时尚元素，建造了这座堪称全世界唯一以香水为主题的博物馆。博物馆门口有躺在金浴缸里的金绅士雕像，一排的金色浴缸很壮观。博物馆内依历史氛围规划了五个展区，记录了从古代、中世纪、到现代的有关香水的历史和各大品牌香水的演变，展示了上万件展品。展品中有香料、化妆品、香皂、香水瓶和容器以及相关配件等，如法国第一瓶香水、全世界各种造型的香水瓶，甚至还有玛丽·安东尼皇后在 1971 年法国大革命逃难时携带的旅行箱。正当俩人看完准备离开时，一位香水女郎微笑着礼貌地问道："请问你们有兴趣做一瓶属于自己的独一无二的香水吗？"艾丽思一听，顿时兴奋无比，她转身问大伟："我们一起去试试，如何？看谁的香味做得好。"
大伟原本对此并不是很感兴趣，但见艾丽思难得如此高兴，
不忍扫她的兴，便微笑着对香水女郎说："好，我们去试试吧！
不过我是没有'灵鼻'的，别对我有什么期望。"俩人随同
香水女郎进了香料房，只见一大排都是一只只小抽屉柜，每
只小抽屉上都贴有写着各种不同花草名的标签，有点像中国
的中药房，桌上放了几十瓶已提炼好的香精，香水女郎解释说，
一般建议放十样以内的香料，过多反而难以突出重要的香味。
只见艾丽思全神贯注地在仔细闻着各种香料，并时时陶醉地
闭上双眼分辨着不同的香味，接着又忙着一会儿加两滴青柠，
两滴茉莉花，两滴香草，一会儿又加 5 滴甜橙，两滴雪松，
两滴檀香……艾丽思并不清楚这些香料全部混合在一起后是
什么香味，只知道自己偏爱花的清馨芬芳，而大伟自己根本
没有一丁点的"灵鼻"，所以连闻也懒得闻，干脆就看着香
料名称，然后用不同的专用玻璃吸管，吸点藿香、玫瑰草、
雪松、橙花油、香根草等等，一一放进预先准备好的香水瓶中。
半个多小时后，成品终于出来了，艾丽思将自制的香水喷在
手腕上，闻闻，很满意地笑了。大伟就把自制的香水分享给
了香水女郎，只见那位女郎瞪大了双眼，翘起大拇指，连声说：
"非常好！非常棒！"艾丽思见状，马上将大伟的自制香水
拿过来闻了闻，然后吃惊地看着大伟说："这是爱马仕香水

的味道啊！亲爱的，你是用什么香料调成的？快告诉我呀！"
艾丽思的这番话引来了周围女士们的一阵笑声。大伟得意洋
洋地说："我知道自己不是'灵鼻'，而花味是你们女士的
专利，所以就随便挑了些草味，就这么简单。至于用了哪几
种香料，用了多少，已经记不清了。"艾丽思激动地说："大伟，
你有天赋哦，我太喜欢这个味道了！"大伟见艾丽思那么喜欢，

便说："既然你这么喜欢，这瓶也属于你的了。"大伟当即付了钱，两人满足地离开了香水博物馆。然而，这个香水博物馆却给他俩留下了难忘的记忆。事实上，在香水博物馆，游客们所领略的不仅是视觉上的体验，更是嗅觉上的旅行，它让人们懂得重视与美化味道，可以让生活更美好。

从博物馆出来，他们来到了格拉斯的旧城区，这里混合了普罗旺斯及意大利热那亚的风格，狭窄的街道上矗立着17—18世纪风格的建筑。在路上还可找到格拉斯的市徽，上面有象征基督的羔羊图案。因为在普罗旺斯分属意大利及法国的中世纪，格拉斯却始终归属法国，因而以光耀基督的羔羊来作为格拉斯的市徽。在老城漫步是很浪漫的，橙色的建筑把阳光折射出糖果的味道，街道上到处弥漫着香水的味道，熏得人微醉。艺术家们把格拉斯的花季留在一堵堵的墙上，使小镇溢满着浓郁的艺术气息。旧城区的最高处坐落着芳香广场，广场中央有一个名为格拉斯之花的三层花型喷泉，水从上面优雅地喷泻而下，犹如美丽的花洒，喷出的水柱中的香氛游人很远就能闻到。由于格拉斯最早以制作皮革闻名于世，而制皮过程需要大量的水来清洗皮革，居高临下的广场便于汲水和排水，所以这里旧时是皮革工匠的集中地。广场两旁狭长的拱廊内一间间小房子就是当时的皮革店铺，现在则成了咖啡店、餐厅和服饰工艺品店，广场中央是露天咖啡座。

这个广场每天上午都有花市，色彩缤纷的花卉、水果和香料把小镇点缀得十分迷人。每年5月，是格拉斯的玫瑰节。这种被誉为"格拉斯皇后"的五月小花，是制作香水的专用玫瑰。每年8月，则是格拉斯的茉莉花节。届时，装饰华丽的花车穿过市镇，花车上的年轻女子不断向人群抛洒鲜花，每个人都被鲜花的天然香水淋湿，此外，还有焰火、免费派对、街头表演等，令这座小镇充满了狂欢的节日气氛。芳香广场是格拉斯旧城区的中心，广场上鳞次栉比的商店，五颜六色的商品，把整个小镇装点得热闹繁华，这里既有漫步观光的外国游客，也有悠闲地坐在门口晒太阳的小镇居民，空气中飘散着令人迷醉的各色花香。大伟和艾丽思在一家咖啡馆的露天座坐下，各要了一杯拿铁，悠闲地喝着。艾丽思发现前面一张桌子旁的一个黄皮肤黑头发女孩手里捧着一本中文书，封面上印着书的名字《香水》。这是德国作家帕特里克·聚斯金德写的长篇小说。它叙述了一个奇才怪杰格雷诺耶谋杀二十六个少女的故事。其每一次谋杀都是一个目的：只是因为迷上她们特有的味道。对格雷诺耶来说，每一次都是一场恋爱，但是他爱的不是人，而是她们身上的香味；谋杀她们只是为了要永远占有，并且拥有他所爱的那种没有感觉，没有生命的"香味"。艾丽思悄悄地对大伟说："我看过这本书，那可是一部用鼻子去闻的恐怖故事啊！"大伟说："这部小说后来被改编成同名电影，还获得了第57届德国电影奖杰出故事片，最佳服装设计等六项奖项呢！"艾丽思说："是啊！电影使得人们对香水之都格拉斯充满了想往。"大伟笑笑说："你也是吧！"艾丽思笑了，阳光下她的脸显出少女般的妩媚。

　　从格拉斯回来后，艾丽思就想回香港，她说非常想念孩子们，而且，也不放心家里。大伟想房子装修起码还有好几个月，他既然已经交代清楚，也没有必要再耗费时间等在那里，何况香港还有一大堆事情等着他去处理呢。于是，便很快订好机票，和艾丽思一起回了香港。

惊 艳

  第二年春夏之际，大伟和艾丽思一起来尼斯验收他们的新居。别墅在半山，他们的车沿着弯弯的山脚往上开，山脚下有街道和房子，往上开就只剩了山路，一侧不断变幻的山和海之间坐落着一幢幢式样各异的别墅。车至半山腰间停顿，迎面是坐落在坚固粗大的石头柱子间的三扇高大气派的大铁门，大铁门上雕刻着精致的花纹，铁门上部有一排尖刃状的铁花，那是为了防止有人跃入而设置的。大伟轻轻一按手里的遥控器，铁门就缓缓打开了，车稳稳地开进门里，大铁门随后自动关闭。车沿着山坡往下开，远处可见阿尔卑斯山的幽深林木和地中海，一侧是绿树环抱，一侧白墙上方的冬青树和高大树木的茂盛叶子被修建成圆锥形，还有巨大的雪松，树叶间绽放着一颗颗犹如菠萝般的松果，这些绿树默默护卫着别墅的私密。再往下开，渐渐显现出整幢别墅的全貌。那是一幢被四周绿树芳草包围着的浅黄色两层房子，那种浅浅的黄色在绿树丛中显得格外醒目，从车上只看得见二楼房子连接露台的用罗马柱撑起的五个连续拱形，以及三层天台上宝瓶状的围栏。犹如"半抱琵琶犹遮面"的佳人，看不见它的全貌，却更令人神往。车行至此面前出现两条分叉路，一

条通向楼下花园，一条通往二楼别墅正门。车子往别墅正门开过去，正门覆盖着砖红色屋瓦的三角形墙面上有一个圆形的窗，下面是由两根罗马柱撑起的一个拱形门廊，门廊前是一条用小长方形石块铺成的路，有点类似于老上海的台格路，通往车库。门廊两侧各摆放着一盆很大的修建成圆球状的绿树，似乎是屋子的卫士。门廊一侧墙边摆放着一张长条形的石凳，石凳的脚雕刻精致，看着像是一件艺术品，这是可以让人在等车开出车库时小坐片刻的，足见设计之周到。最让艾丽思欢喜的是正门对面那一大片攀援在墙上的十多米高的盛开着的猩红色三角梅，看上去就像是一幅有生命的艳丽的画，漂亮极了，此刻这些尽情绽放的花朵仿佛正以自己最美的姿态在热情欢迎着主人回家。花墙下是一大块碧绿的草坪，草坪上种着铁树、玉兰、雪松和开着粉红色花的紫薇。门廊中间是一扇浅棕色木门，木门两边的墙上各装有一盏壁灯。进门是一个门厅，门厅一侧通往书房和室内游泳池，一侧通往连接客厅、餐厅、厨房和四间卧室的走廊。室内墙面是浅粉色，房间的木门一律漆成白色，看上去十分温馨。

这幢房子最大的亮点是客厅和连在一起的餐厅。从门厅首先进入的是客厅，客厅里有一架白色的壁炉，炉膛里有供燃烧的木材，壁炉前摆放着一组三件宽大的米色皮沙发，中间是一个别致的用四个地球仪托起的玻璃茶几，上面摆放着的瓷花瓶里插着一大束粉色的吐着芳香的百合花，沙发旁是一架黑色三角钢琴，上面趴着一只很大的玳瑁海龟标本，临窗的墙边放着一只小酒吧柜。从客厅一侧上两级台阶就是餐厅，餐厅中间是一只可供 8 个人坐的大理石餐桌，一整块大理石桌面上铺设着普罗旺斯风格的桌布，面向餐桌的一面墙边摆放着一张三门橱柜，橱柜上面的墙上挂着一幅群马飞奔的油画，为整个空间增添了一种生气勃勃的灵动感。客厅另一侧有宝瓶式石头护栏，护栏下有数级台阶通往室内游泳池，游泳池有通往露台的落地门，还有一大片弧形落地窗户，可以边游泳边享受窗外地中海的无敌美景，天花板和墙面则贴上了杉木板，既防潮又有田园风味，游泳池门外就是一大片薰衣草花圃。游泳池旁是一间书房兼大伟的办公室。

　　餐厅面朝露台的是两扇硕大的落地玻璃窗，坐在里面也可看得见地中海的风景，这是最令大伟满意的，以后的日子里他会经常坐在面朝地中海的餐桌旁写他的书，修改他的文稿。客厅有三个连续拱门通往面对地中海的露台，露台上摆放着两张舒适的白色躺椅，上面铺着七彩条纹的靠垫，拱门上方有顶，可以避风遮阳挡雨。旁侧的一个用罗马柱托起的拱门巧妙地分隔开了餐厅面对的露台，餐厅面对的露台空间很大，靠近客厅门的一侧摆放着可随时移动的白色轻便餐桌椅，上面有布纹的遮阳棚。这也是大伟的创意，他来尼斯度

假期间，几乎每天都在露台上用餐，
从蔚蓝海岸飘来的地中海风带着些许
海腥气，这种纯净的海洋味道让他感
觉到说不出来的舒畅。整个露台的地
面是用米色大理石铺就的，宝瓶状的
围栏也是同样的米色大理石，和整个
墙面连成一体。餐厅旁的露台设置一
大两小两个带顶的拱门，大拱门面对
的是主卧的落地窗，小拱门里摆放着
一架秋千状的摇椅，一旁还有一个拱
门面向右侧的花园。露台中间有花坛，
里面种着一些时令花草。餐厅的对面
隔着走廊是一个很大的厨房，里面一
应具备，一张白色的多层手推桌可以
方便地把做好的饭菜点心送到餐厅和
露台。走廊一边有一扇腰门，门里面
便是四间卧室。主卧和一间次卧朝南，
另两间次卧分别朝北和朝西，每间都
配备有独立的卫生间。主卧中间用一
道拱门分隔成卧室和起居室，两边都
有落地窗，窗外就是露台，即便躺在

床上也看得见地中海和远处连绵的阿尔卑斯山脉，起居室的两扇落地窗前放着一张安乐椅和一个茶几，便于主人休息。看来大伟只要到这里来，他的眼睛是一刻也不愿意离开他钟爱的地中海景观的。女儿房的落地窗外是一条小路，两边有雪松和黄杨遮掩，显得很私密。儿子的住房窗外面对的是一片较为开阔的空间，可以看得见爬满三角梅的花墙，窗上都装着百叶帘。客厅一侧的露台边有种着一排南天竺的条状花坛，从花坛一侧下楼梯便是一大片薰衣草花圃，现在已经看得出星星点点的紫色花苞，不难想象这一大片薰衣草盛开时的美景。一边是通往天台的楼梯，站在天台上看去，地中海仿佛就在面前。在房子的中轴线和露台一侧都有通往楼下花园的大理石楼梯。

吉恩·莫斯设计的花园属于法式园林风格，突出轴线，强调对称，注重比例，整体上有平面的铺展感，并利用宽阔的园路形成贯通的透视线。建在制高点上的房子居于中心地位，起着控制全园的作用，整个园林条理清晰、简洁明快、追求空间的无限性，与别墅所处的山间环境以及面对的地中海完美融合。花园里的柏树被修建成高耸的圆锥形，犹如守卫宅院的卫兵，而高大的雪松则伸展开硕大的枝叶呵护着周围的一切，橄榄树的灰绿色使整座花园的绿显得不那么张扬，整座花园绿得有层次，有风度，而其间点缀的花树和开花的灌木则完美地呈现出一种居家的温馨感和主人追求唯美的意趣。站在二楼平台向下望，可以看见绿树丛中一簇簇粉色和白色的玫瑰，就像婚礼上新娘的捧花那么美丽高雅，淡淡的香味飘散在周围，那种自然的香气带着山野的气息，比法国香水更迷人。善解人意的吉恩·莫斯特意为花园设计的盛开在春夏之际的花，如今正进入盛花期，蓝色的非洲爱情花、开硕大白花的广玉兰，开粉红色花朵的合欢树、可以驱蚊的白色夜来香以及爬藤的香味四溢的茉莉花等在一大片绿树间美丽着、芬芳着。随旋转扶梯直下，可通往花园一层楼面。这位置原房主布鲁诺本设计为电梯，后来不及安装已出售给了大伟，而大伟全家只是来此度假小住，安装电梯还需保养等事，大伟嫌麻烦，故决定改成旋转楼梯。下去后可以进入一个大约 150 平方米的厅，大厅一侧是走廊，走廊中间有一扇腰门可通往里面一侧的三间房间和顶头的一间客厅。三间卧室和客厅都有面向花园的落地窗户，每一间都是明亮看得见风景的房间。

莫斯的设计令大伟和艾丽思非常满意，这正是他们理想中的伊甸园。原本性格内向的大伟禁不住喜上眉梢，心花怒放，一旁的艾丽思边看边啧啧称赞，她在花园里蹦蹦跳跳，像只蝴蝶一样乐滋滋地穿梭在花园里，两人深深陶醉在巨大的欢乐之中。从那以后，大伟每年来尼斯，最喜欢的事就是到自家花园里到处转转，看看树长高了多少，看看果树有没有结出果实来。因为铺花园的草皮是用铺设高尔夫球场的草铺设的，所以草地显得特别绿而且绿得特别美，绿茵茵的一片。莫斯还嘱咐大伟种下的树必须要让工人不断修剪，才会越长越美。有一年，大伟来尼斯时，发现花园变小了，仔细一看，原来是因为花园里的树没有及时修剪，破坏了花园整体的美。平台前的那棵桉树是大伟为了隔断邻居的视线而种下的，桉树长得很快，它越长越高，越长越大，几年后几乎把前面蔚蓝海岸的景色挡了个角，大伟不得不请园林工人来把这棵桉树的上面部分全部锯掉。因为桉树长得太高，园林工人用了两架铁梯子叠加在一起才够得着，工人们把桉树的一些枝丫锯掉后才恢复了原先舒展的景观。当然锯下的粗大树枝是大伟用来烧火炉的最好材料。

有了花园，大伟才知道花园是需要花费许多精力与时间去维护的。这个花园除了占地大，每年的开支也很大。水在法国是异常的昂贵，一个花园一年需要几千欧元的水浇灌。花园需要维护，要很有责任心的花匠精心打理，虽然花园已装有自动洒水器，但不同的花草仍然需要人工浇洒。每年有5个月的时间需要保证每天有人来两个小时专为花园里的花草树木浇水，否则这些花木就会枯萎。尼斯很少下雨，每年6月大伟到尼斯度假时，几乎天天在祈祷下雨，期待雨水给他花园里的树木花草一点滋润。除了灌溉花园的水费和园丁的工资，很多花草每年都要更新，很多小灌木动辄就是几十欧元一棵，这也是一笔不小的开支。不过，大伟觉得这些费用的付出是值得的，因为这是他好不容易买到手的房子，他享受这个房子带给他的美妙体会。无论如何，这个法国式的花园给了大伟一种小皇宫的感觉，这使具有艺术家气质的大伟萌生了一种极大的满足感。

天性浪漫的大伟不但喜欢画画和音乐，还热衷于欣赏大自然的美景。在尼斯的房子里，他每天清晨站在自家的大露台上，看太阳徐徐地从东方升起。要是外出，他每天一定会在黄昏时分赶回家，在大露台的同一位置遥望夕阳缓缓地降落在西面阿尔卑斯山的雪山背后。他常常站在露台上独自默默凝视着那七彩缤纷的云彩，看它们时而将天空烧得通红，时而又酷似一幅浓淡有致的水彩画。尼斯的夏天白昼很长，从早晨6点一直持续到晚上10点才天黑，晚餐后，大伟又会回到大露台前望着天上的星星，似乎与天上的星星早就有约似的。

教授管家

　　大伟买下尼斯的别墅只是用来度假，除了每年6月份来住上三个月的时间，平时他基本不过来。因此，必须为尼斯的房子请一位管家。一开始，大伟请了一位30多岁的法国管家。因为原先的业主布鲁诺在家里养了两条狼狗，怕他晚上带着狼狗再回来占住，所以必须要请一位也有狼狗的管家。那位法国管家第一天就带着两条高大威猛的狼狗来了。狼狗很凶，见人就吠。它们让艾丽思感觉害怕，她甚至有一种走进的不是自己家的恐慌感。心想，万一有一天狼狗真的朝着自己扑上来怎么办？管家一再安慰艾丽思说养两条狼狗只是为了防备陌生人，让她完全不必害怕。

　　当时大伟的儿子还在上学，每年夏天都会放三个月的暑假，所以他们就选择这个季节来尼斯。他们一家人过来时，那位法国管家突然提出自己一个人带着狼狗住在这么大的房子里感觉很寂寞，他想让自己的女朋友搬过来和他一起住。大伟怕他们住进来后不想再搬出去，就没有答应，而艾丽思又那么害怕狼狗，就把这位管家辞退了。不久，大伟又找了位50多岁的大学教授来做管家，他高高的个子，看上去又瘦，甚至有点干瘪，眼睛凹得很深，脸上有很多皱纹，但举止却很儒雅。这位教授自称是位植物学家，他说可以保证修剪并医治花园里的每一棵树，把花园打理得很漂亮。也许正是因为这一点才使大伟选择了他。可是，来了一年，却从没见他为花园里的病树做过些什么。一次，教授管家看到大伟在学法语，便说自己的母亲在学校里教法文，现在自己一个人住在外面，不如把母亲接过来一起住，也有个照应，顺便可以让她做大伟的法语老师。这个想法他提了多次，大伟想，凡是进到这幢房子里的人都会用花言巧语说服他，千方百计把家属也带进来住，进来容易，再要请他们出去怕就难了。以前就是因为原业主家有一位老人住着才导致自己一直拿不到房子，这次万万不能再让老人住进来了。便婉言拒绝说："老人家住在这里进出不方便，还是不要住进来吧！"教授管家的脸上有点不悦，但也不好再说什么，从此便很少再看见他脸上有笑容了。

在尼斯度假三个月后，大伟一家回到了香港。一天深夜，突然接到教授管家打来的电话，他在电话里说，自己在别墅内拖地板时摔了一跤，手臂扭伤了。医生说必须长期休息，还要做物理治疗。大伟一听就觉得其中有蹊跷，但他知道法国医保很好，什么都是公费。便说，我可以补助些钱给你，让你去做物理治疗，要是不够，你再告诉我。几天后，大伟又接到法国医生打来的电话，医生在电话里说，这位管家的手有可能会终身残废，言下之意是要大伟为他负责到底。事实上，大伟还真不清楚管家的伤势有多严重，他焦急地说："好！我们立即飞过来，看看他的手到底伤成怎么样了。"电话挂断前大伟又补充了一句："到时候我会请其他医生一起来会诊。"

几天后，大伟独自一人飞回尼斯。在别墅里他看到了用纱布包着手的教授管家。他一见大伟就苦着脸说："大伟先生，我的手受伤了，你要为我负责到底。"大伟一句话也没说，他决定要调查这件事。便立即去找自己的律师维克托。维克托说，"你们可以带他到指定的医院去拍个片子，他究竟伤成怎样，一看片子就清楚了。"第二天，大伟便把管家带到一所医院检查，医生检查结果说没有任何问题。大伟听了心里顿时明白，这不分明是要敲诈吗？他当即决定不再雇佣这位教授管家了。他很客气地对这位教授说："这样吧，我再付你一个月工资，你回家好好养伤吧！"没想到他冷冷地回答说："我决不离开这里"。大伟知道这位管家是希望自己能够终身抚养他，便强忍着怒火，但提高了嗓音非常严厉地说："我已经决定不再雇用你了。你没有理由再在我的房子里住下去。现在，我请你马上回到自己家里去！"教授管家仍不死心，他一声不吭，转身回了自己的房间，就是赖着不肯走。维克托知道后，非常有信心地说："大伟先生，这件事请你就交给我来办吧！"于是，大伟就把此事全权交给了维克托处理。维克托很快把此事提交给了法院。没多久，法院开庭审理后，最后判决只有简简单单的 4 个字："请他出去！"

教授管家离开别墅后，大伟办完事便回了香港。

亚尼克

　　经过前两次的教训后，大伟决定通过朋友找一个熟悉的人做管家，大伟住在尼斯的一位好朋友为他推荐了自己的弟弟亚尼克。第二年6月，大伟来到尼斯度假的第二天，亚尼克应约来到了别墅。看上去大约40多岁的亚尼克，是法国和越南的混血儿，高高的个子，眉目俊朗，五官端正，头发带点灰白，休闲的牛仔衣裤穿在他身上很有范。亚尼克不但会讲法语，还能讲一口流利的英语，在语言上便于沟通，尤其便于艾丽思沟通，大伟当天就决定请他来当新的管家。亚尼克不但说话举止都很得体，而且还是一位懂得品位的男人。听艾丽思说想买些家居用品，亚尼克就带她到一个很讲究的小店里，那些家具用品确实很漂亮。可是艾丽思觉得尼斯的房子只是用来度假的，因此不想布置得太奢华。亚尼克就又陪着艾丽思到一家中高档的家居店，他说："太太，这房子既然是用来度假的，就买一些有法国特色的、看上去很漂亮的家居装饰品，我觉得这家店的的东西比较适合。"艾丽思一看，果然很对自己的心意，觉得亚尼克正是善解人意，心中有了几分好感。亚尼克没有孩子，他也从来不提自己的太太。偶尔问起来，他只说太太很忙，很能干，家里的事情都是她在管。大伟觉得这位管家不错，就对艾丽思说："我们请他到外面吃顿饭吧，顺便让他把自己太太也带来。"第二天，艾丽思笑着对他说："亚尼克，我想请你和你太太一起吃顿饭，你挑一个餐厅吧！"。他高兴地答应了。

　　亚尼克找的是尼斯旧城区的一家西班牙餐厅。那天傍晚，大伟和艾丽思先到餐厅，坐下不久，就看到亚尼克挽着太太的手一同走进餐厅。他太太是个娇小的越南人，皮肤黑黑的，个子只到亚尼克肩膀下，穿了条合身的，剪裁得颇为考究的黑色 A 字连衣裙，披了条象牙色的披肩，显得素雅大方，小鸟依人般地依偎在他身边。看得出，她非常爱自己的丈夫。两人落座后，在等菜的间隙中，开始闲聊。从言谈中得知，亚尼克太太是越南人，来自一个富有的移民家庭，他们现在住的房子也是父亲留给她的。亚尼克太太从小在尼斯长大，有一份固定的工作，经济条件要比亚尼克好很多。这些都是亚尼克自己说的，他对于自己有本事娶到这样一位有钱的太太似乎很得意。这顿饭大家吃得很高兴，亚尼克很健谈，对太太也很照应，这让艾丽思对这个法国男人陡生了几分好感，觉得他人聪明，又很幽默，做事靠谱，是一个对妻子很忠诚的好男人，行为举止没有丝毫的轻佻，觉得自己总算找到了一个好管家，便把家里所有的事情都放手让他去处理。亚尼克也确实懂得很多，他就像法国的百科全书一样，向他询问，好像没有不知道的。他做事认真，而且很懂艾丽思的心意，比如艾丽思觉得房子里的灯不好看，想要换掉，亚尼克就会带她到一个有格调的灯具店去，那里灯的款式都是艾丽思喜欢的。家里有东西要维修，亚尼克一个电话打过去，维修工很快就会过来。这给大伟一家在尼斯的度假生活带来了很大方便，也省却了许多因琐事而引起的种种烦恼。

钢琴老师

　　大伟不但喜欢绘画艺术，也非常喜欢西方古典音乐，尤其是贝多芬、肖邦、巴赫等音乐家的钢琴演奏曲更是令他痴迷。他寓居加拿大时，客厅里放着的一架大三角钢琴就是买给他尚未出生的孩子的礼物。艾丽思从小酷爱唱歌，她天生一副甜美的歌喉，刚怀孕时，她差不多每天都要在这架钢琴边坐上一小时自弹自唱，这也好像是在为未来的孩子进行胎教。在父母亲的熏陶下，女儿凯思琳从3岁就开始学习弹钢琴，但她并不喜欢，因为每天需要反反复复地练习基本功，熟悉音符，让她感觉枯燥乏味。在香港请的钢琴老师也不知道如何去培养和引导孩子的音乐兴趣，所以凯思琳只是被动地为了考级而练琴，虽然弹得还不错，但却从来没有真正地爱上过钢琴。

　　十多年后，大伟又将这架钢琴运到了法国尼斯，为的是让女儿在暑假期间来尼斯度假时可以练琴。凯思琳15岁那年的暑假，大伟把她带到了尼斯，为了让女儿能浸润到法国的文化中，感受法兰西民族的浪漫，大伟让女儿暑假期间来尼斯练习钢琴，并请管家亚尼克为她找一位好的法国钢琴老师。亚尼克找了几位，面试后都觉得不够理想。正在大伟感觉失望时，突然，有一天，亚尼克兴奋地对大伟说："大伟先生，我在报纸上发现了一位出色的钢琴老师，她名叫思梦莉妮，你们赶紧带你家小姐去见见她吧！不过要记得让她准备弹奏几首乐曲，以便老师了解她的钢琴水平。"大伟想了想说，那就后天吧！

从大伟尼斯的别墅到思梦莉妮家开车要一个半小时。到了那里，他们看到的是一幢占地面积较大的平层别墅。别墅的名字是康派涅拉。那是一首钢琴曲的名字，这首 B 小调夜曲是匈牙利钢琴家法兰兹·李斯特为献给德国钢琴家克拉拉·舒曼而作的钢琴曲，它是根据尼可罗·帕格尼尼的小提琴协奏曲改编而成的，也是世界钢琴十大难曲之一，从名字不难窥见别墅主人一定是位十分浪漫的人。按响门铃后，门开了。出现在他们面前的思梦莉妮并不是他们想象中金发碧眼的法国女人，她身材娇小，皮肤微黑，像是东南亚人。亚尼克轻轻地在大伟耳边说，她是泰国人。大伟顿时有些愕然，但良好的教养让他依旧彬彬有礼。仔细看去，那位老师大约 40 岁左右，端正的脸上忽闪着一对炯炯有神的双眼皮大眼睛，微微上翘的鼻子带着点活泼俏皮。稍稍有点大的嘴巴，一笑露出满口整齐的珍珠般的雪白牙齿，显出几分亲切随和，一头茶褐色的长发在头顶上高高地盘成一个皇冠般的发髻。艾丽思觉得这位老师看上去有点像跳芭蕾舞的女孩子。思梦莉妮客气地把他们迎进屋子，她健步如飞，身上似乎流淌着一股雄性的力量，暗藏着一种艺术家的激情。进门后是一条卵石子铺就的小路，两侧整齐地种植着各色花花草草，一片姹紫嫣红。树上挂着的风铃让人感觉到泰国的风情，一阵风过，轻轻发出清脆悦耳的铃声，仿佛在欢迎客人的到来。从卵石小路穿过院子，便进入客厅，客厅里清一色地摆放着泰国风格的家具，墙上挂图案美丽的泰国真丝地毯，地板上也铺设着精致的泰国真丝地毯。米白色的布艺沙发上摆着五彩缤纷的靠垫，图案却都是象征吉祥和幸福的大象，装饰物大部分是泰国的，也有些是亚洲的，混搭的风格让人感觉到主人性格中的热情和艺术品位。而客厅里最引人瞩目的当属三架庞大的黑色三角钢琴。"哇！"凯思琳禁不住轻轻地叫了一声，她发现这三架钢琴居然全是世界顶级的施坦威钢琴。自1853年施坦威父子在纽约创建了公司以来，施坦威钢琴就在钢琴界取得了它至高无上的地位，不但一架钢琴动辄数百万元，而且它也是大多数钢琴演奏家的至爱。

　　主宾落座后，很快便切入正题。思梦莉妮打开钢琴，弹了拉赫曼尼诺夫的演奏曲和格里格的协奏曲。这都是非常难弹的钢琴曲，没有扎实的功底是弹不好的。只见她小小的手灵巧地在每个琴键上来回跳跃，有时用尽全力，有时又如蜻蜓点水般轻轻滑过，脸上的表情和肢体也随着乐曲的变化而不断展现出不同的情绪，极富感染力，现场鸦雀无声，大家全被女教师的演奏迷住了，凯思琳更是听得如痴如醉。当思梦莉妮又弹奏了一首肖邦乐曲后,说:"哦！这琴键有些松了。"说完便走向另一架钢琴，凯思琳顿时明白了老师家为什么要放置三架钢琴。凯思琳用流利的法语和老师交谈，这让思梦莉妮一开始就喜欢上了这位亭亭玉立、长发及腰、明眸皓齿、漂亮而又安静的中国女孩，她们俩聊得很投机。听凯思琳当场弹奏了两首钢琴曲后，思梦莉妮即时答应了收凯思琳做她的学生。因为路程较远，大家商量后决定凯思琳每周去钢琴老师家一次，每次教授一个半小时，价格虽然比一般的要贵些，但大伟很乐意。他庆幸女儿终于找到了一位好老师。

开车回来的路上，亚尼克说："先生，假如我一开始就告诉你们她不是法国人，我想大概你们就不会有兴趣跟我去那么远的地方拜师了。"大伟笑而不语，但他心里却在暗暗赞赏这位聪明的新管家。亚尼克得意地说："现在你们已经看到了这位老师的实力了吧！" 凯思琳抑制不住内心的喜悦说："这是我见到过的最好的钢琴老师，谢谢叔叔。"事后，艾丽思了解到，思梦莉妮在法国音乐界名气很响，她曾三次获得肖邦国际比赛大奖第一名。肖邦国际比赛大奖的评审是非常公正的，比赛前，会在举办比赛的巴黎音乐学院的舞台上拉起一道红色的帷幕，所有的评委看不到演奏者，评委们无法知道演奏者的性别、年龄、外貌和国籍，只能凭借自己的耳朵去聆听和感受演奏者的水平。思梦莉妮弹奏完毕，评委们一一亮分后，红色的帷幕方始徐徐拉开，当评委们看到站在他们面前的大奖获得者居然是位身材娇小的东南亚女性，一个个傻了眼。在这些法国评委心中，弹奏肖邦乐曲的应该是一位有着高高身材和细长手指的欧洲人，假如不是法国人也至少应该是德国人或者俄罗斯人。因为演奏者的手指必须能自如地跳跃在15个琴键之间，而这位女士的手这么小，她是用了怎样的技巧让她那双小小的手在这么多音符之间飞舞的呢？他们不得不翘起他们尊贵的大拇指，连声说：了不起！真了不起！

在思梦莉妮老师手把手的教授下，凯思琳开始了她全新的钢琴学习。但学习过程比她想象中的要艰苦得多。上课时，老师将乐曲细细分解成一个个篇章，让她去练习领悟。最让凯思琳害怕的是老师要她把手臂高高举起，远离琴键，然后再笔直地敲打下去，如此周而复始地反复练习。每次上完课，凯思琳的双手钻心地痛，她忍不住哭了。思梦莉妮便伸出自己的手给她看，小姑娘吃了一惊。她看到老师每根手指的前端酷似青蛙的脚趾，前面大后面细，手指尖上满是厚厚的老茧。思梦莉妮说，要成才就要肯吃苦，你们中国不是有句很美的话："梅花香自苦寒来"吗？"思梦莉妮老师对音乐的执着及一丝不苟的精神深深打动了凯思琳。小姑娘边擦眼泪边不住点头。思梦莉妮嘱咐她回家后用温水或牛奶浸手，以缓解疼痛。大伟和艾丽思看了难免心疼，但凯思琳并没有退缩，她天天坚持按照老师教的方法练琴，而且比以前练得还要勤快。没多久，凯思琳的手指尖也长出了一个个小茧子。思梦莉妮教学非常认真，她有时也会亲自上门来教凯思琳弹琴，来了后连特意为她准备的咖啡都顾不上喝一口，也从来不讲一句废话，马上开始上课。为了这位出色的钢琴老师，大伟每年暑假都会带孩子们去尼斯住上两个多月，让凯思琳有充分的时间去跟着老师学习并感受音乐之美。在思梦莉妮的熏陶和感染下，凯思琳的艺术感觉越来越好，她已经可以很好地去感受理解所弹的曲子，她不再被动地练琴，而是从内心深处爱上了弹钢琴。渐渐地，弹琴对于她已经变成了一种享受，她每天至少要在钢琴上弹奏 6 到 8 个小时。回到香港后，只要有时间，她也会坐到钢琴边去弹奏。那年暑假，她回到学校，对老师说自己学钢琴的事，并提出想去参加钢琴比赛，当即得到了学校老师的支持。后来，凯思琳连续三次参加了香港演奏级别的钢琴比赛，并连续三次获得了冠军。这让大伟从内心深处感恩思梦莉妮老师的栽培。

在交往中，艾丽思得知思梦莉妮虽是取得了法国国籍的泰国移民，但她几乎每年都会回到泰国去一次，因为欣赏钢琴音乐的泰国国王和泰国公主都是她的学生，国王每年圣诞前后都会邀请她去泰国的皇宫宫苑演奏，并同时也为皇室成员上课。老师说国王的钢琴弹得很好，有时他们还在皇宫里一起合奏。艾丽思说，在皇宫里和国王公主一起演奏，这场景真是够浪漫的！他们在感叹思梦莉妮为人低调的同时，也为自己的女儿能获得一流的钢琴音乐训练并接受欧洲文化的熏陶深感欣慰。

风情戛纳

　　每年暑假儿子和女儿都会来到尼斯，看到女儿每天练琴那么辛苦，艾丽思觉得应当让她放松放松，便和大伟商量带孩子们一起去戛纳玩玩，让他们感受一下戛纳的电影文化。

　　戛纳离尼斯不远，开车一个多小时就到了。这个风光明媚的休闲小城依偎在青山脚下，濒临地中海之滨，里维拉海湾把临海的几个小城镇环锁了起来，占据了得天独厚的地理位置。戛纳有着 5000 米长的沙滩，四时不谢之花，漫步城中，白色的楼房、蔚蓝的大海，以及一排排高大翠绿的棕榈树相互映衬，构成一幅美丽的自然风光。戛纳被誉为好莱坞的孪生姐妹，每年 5 月中旬的戛纳影展期间，熠熠星光将整座城市点亮，高级饭店、白色沙滩、社交名人、国际精品等构成了戛纳的夏日印象，让人感觉如同走进马蒂斯的油画中。"精巧、典雅、迷人"是大多数人对戛纳的评价，谁都会在第一眼见到她时怦然心动。来到戛纳，就会明白为什么会选择这样的小城举办国际性的盛会。不过，戛纳并不是与生俱来的星光都市，在 19 世纪之前，这里甚至是个缺水又脏乱的小渔村。1834 年，英国勋爵布鲁厄姆途经法国南部蔚蓝海岸到意大利度假，不巧因霍乱流行边界封锁，只能滞留于当时还只是一个渔村的戛纳。滞留期间，他惊喜地发现此地景物丰美，于是决定建造自己的别墅。他的这个决定引起欧洲上流社会的广泛好奇，雨果、毕加索，就连英国维多利亚女皇都慕名而至，英国贵族以及俄国贵族得知此事后纷纷仿效，别墅和饭店逐渐被兴建，戛纳一跃成为欧洲最时髦的冬季度假地。英王爱德华七世（1841—1910）在还是威尔斯王子的时候，曾于 1890 至 1901 年间数次到戛纳度假，之后比利时国王艾伯特一世和丹麦的克里斯廷十世都曾到戛纳享受阳光。如今，在旧市政厅广场上，矗立着布鲁厄姆爵士的雕像。他大概不会想到，因为自己的到来，会使戛纳成为蔚蓝海岸最耀眼的一颗珍珠。

也许是不忍心辜负戛纳如画的风光，戛纳一年四季节庆不断。每年 2 月有金合欢节，金合欢是当地盛产的经济类花卉，代表信赖；5 月有蜚声全球的国际电影节；另外还有国际赛船节、国际音乐唱片节、国际游戏节、含羞草节、戛纳购物节等庆典。戛纳国际电影节亦译作康城国际电影节，创立于 1939 年，是法国为了对抗当时受意大利法西斯政权控制的威尼斯国际电影节而创办的。20 世纪 30 年代末，法国有感于当时德国、意大利高涨的法西斯主义气焰，特别是德国宣传部长约瑟夫·戈培尔在 1936 年大力运作莱尼·里芬斯塔尔拍摄当年的柏林奥运，之后便成为 1938 年的纪录片《奥林匹亚》，强势入围 1938 年的威尼斯电影节并还夺下最佳外国影片"穆索里尼奖"；于是法国公共行政及艺术部长尚·杰伊接受菲利普·艾蓝杰的建议，决定在气候舒适的戛纳创立新的国际电影节；第一届电影节全名为"国际电影节"。1939年 6 月，路易·卢米埃尔担任第一届"国际电影节"主席，第一届电影节原定自 9 月 1 日进行到 9 月 30 日，从 8 月开始，美国片商米高梅就用豪华邮轮载着好莱坞明星贾利·古柏来到戛纳办派对、庆宴，一时之间吸引不少影迷驻足。但是 9月 1 日德国入侵波兰，9 月 3 日法国、英国对德国宣战，电影节不得不宣布取消。一直到七年后，在法国外交部、教育部、电影联合会支持下，由法国艺术行动协会于 1946 年 9 月20 日在戛纳的一家旧赌场内再办戛纳电影节，这是实实在在的第一届戛纳电影节。1948 年、1950 年因财政困难停止举办。1949 年，电影节在戛纳新建的"电影节大楼"举办，法国人将这幢大楼称之为"红地毯大楼"。1955 年开始采用"金棕榈奖"作为戛纳国际电影节的最高奖项，相当于奥斯卡的"最佳影片"，奖杯为金制棕榈枝，它源于戛纳沙滩上随处可见的棕榈树，同时，棕榈也是戛纳的市徽。在 20 世纪 80 年代以后美丽的金棕榈叶成为戛纳影展的代名词，一直到 2002 年，电影节才把官方名称定为"戛纳国际电影节"。

　　戛纳国际电影节是世界最大、最重要，也是最具影响力

的国际电影节之一，它与威尼斯国际电影节、柏林国际电影节并称为欧洲三大国际电影节。戛纳国际电影节每年5月举行一次，为期两周左右，通常于星期三开幕，隔周的星期天闭幕。其间除影片竞赛外，市场展亦同时进行。电影节分为六个单元："正式竞赛""导演双周""一种特别关注""影评人周""法国电影新貌"和"会外市场展"。如今，戛纳影展的中心是位于欧洲最古老的港口之一的康托港口边的一个巨大建筑——节庆宫，那是电影节的主会场，众所瞩目的金棕榈奖就在这里颁发。吉庆宫启用于1982年，可容纳3万人的吉庆宫内设有三间放映厅、两个展览厅、会议室、赌场、夜总会及餐厅等。戛纳影展在颁奖时，会从吉庆宫大厅门口铺设一道长长的红地毯直抵马路旁，当红影星和国际大导演就在镁光灯下拾级而上，沿途接受热情影迷的欢呼。节庆宫旁的地面上是星光大道，上面的200块石板上留有来自世界各地的参展明星们依着年代顺序留下的各自手印。有索菲亚·罗兰、杰哈德·巴蒂尔、苏菲·玛索、劳勃狄·尼洛等大约350位大明星，许多粉丝因无缘一睹大明星风采，就在星光大道上找出自己心仪的明星手印与之合影，作为留念。

　　节庆宫对面是小十字大道，这大概是全球出镜率最高的地点之一。小十字大道濒临地中海的林阴步行道长达8公里，种植着异国情调的棕榈树，绿化带内繁花如锦，另一边是地中海海滨。戛纳海滩上铺满了白色细沙,踏上去软软的,比尼斯天使湾的卵石似乎要温柔得多。公共海滩和私人沙滩加起来有30多个,大部分的海滩都属于饭店所有,必须付费才能进入,而大道另一边是鳞次栉比的世界顶级品牌专卖店,它们的门面并不华丽,但却自然透出一种贵气,让人不由自主地产生一种拥有的欲望。在高档酒店门前的一辆辆豪车显示着主人的不凡身份,酒店的建筑有上世纪的古建筑群,也有现代化的楼宇。小十字大道上最著名的地标就是卡尔登饭店,这座巨大蛋糕状的建筑建于1911年,里面有355间房间及洛可可式的豪华大厅,屋顶左右两侧耸立着两座圆锥形建筑,据说是影射19世纪巴黎的高级交际花La Belle Otero颠倒众生的酥胸。另外同位于小十字大道上的Martinez和Majestic Barriere酒店是影展期间追星族及狗仔队的焦点,Martinez很受大明星喜爱,张曼玉和梁朝伟都曾指名入住这家酒店,而后者则是影展指定酒店,受邀的评审和贵宾多下榻于此。在小十字大道和昂蒂布街上还有许多贩卖相关纪念品的商店,可以满足追星族的影迷们。

当大伟一家走进戛纳的旧城区,发现这里的风格和他们刚刚领略到的星光熠熠的戛纳完全不一样。戛纳老城至今仍沿用着古名"苏给",源于普罗旺斯的一种鱼汤。从传统的佛微勒市场旁的石板路往上走,只见两旁都是墙体斑驳的旧民房，那是过去戛纳渔民的住家，如今里面住的依旧是渔民的子孙，他们世居于此。不过，现在戛纳以捕鱼为生的渔民只剩下十几位了，这些渔民每天早上在骑士山脚下的传统市场兜售自己清晨刚捕获的新鲜海产，而大多数渔民的后裔以在自己家里开小餐厅为业。大伟看到这些小餐厅的桌椅无一例外地从屋子里延伸到了门前的石板路上，桌子上铺着白色的桌布，摆着鲜花和蜡烛，可以想象，晚上当一盏盏蜡烛被点亮时，这个古老的旧城该是怎样的一种浪漫景象！在高低错落的街巷间行走，几乎每个转弯都会有令他们惊艳的风景。

在旧城区山顶，坐落着一座由修道院改建而成的城堡美术馆，里面的收藏品由 19 世纪旅行家 Baron Lycklama 捐赠。他非常热爱中东文明，对于埃及及地中海区域的古董更有兴趣，他的收藏也扩展到美洲和亚洲区域的珍奇物品，包括世界各地的乐器、风景画作、埃及石棺、非洲土著干尸以及来自希腊、罗马、美索不达米亚、伊朗、塞浦路斯等地的收藏品。通过 19 世纪普罗旺斯与蔚蓝海岸的风景画作，大伟看到戛纳 100 年前就有撑着小阳伞穿着蓬蓬裙的贵妇漫步在海边的大道上。从美术馆中庭的塔楼拾级而上，可以俯瞰戛纳的全景。从这里放眼望去，戛纳的迷人美景尽收眼底。

旧城区的佛维乐市场保存了旧城的活力来源，许多食品店围绕着市场设立。在旧市场旁，有一家小酒馆，据说想要体验戛纳最道地的海港风情，一定要到这家温馨的小酒馆来。小酒馆里有种混杂着鱼腥味、酒精味的豪迈气息，里面坐着喝酒的客人像是刚下船的水手们，他们正大口喝着啤酒，闲聊着五湖四海奇闻。这家酒馆的营业时间从清晨 5 点至下午 7 点，主要的顾客就是在市场批发渔货的渔民，他们工作结束后，偷闲在酒吧里喝杯啤酒，品尝老板娘亲手调制的下酒菜，老板在吧台陪着客人闲话家常，通常最主要的话题是足球。小酒馆的另一特色风情就是那对快乐的老板夫妇，在吧台后面的墙上贴着他们亲密的照片，夫唱妇随的甜蜜模样令人羡慕。陈列的照片里还有在酒馆里举行的化妆舞会，化身成猫王的老板和变成艳丽西班牙女郎的老板娘正在跳着探戈。

　　大伟不喜欢在这样嘈杂的环境里吃饭。于是，他们来到旧城区一家小饭店，它是由尼斯附近的酒农于 1860 年在戛纳创立的一家小旅店。灰白的石头房子，斑驳脱落的墙壁与腐锈的门板似乎在无言诉说着它悠远的历史。木头门窗，窗前的鲜花，门外挂着的煤气灯以及屋子里昏暗的灯光幽幽地散发出一种朴拙的渔港风情。据说，许多名流会在入夜后，都喜欢到这里享受一顿精致的美食。大伟说，我们就在这里用餐吧！因为是白天，餐厅里人不多，他们坐下后，在侍者的介绍下，选择了这里的海产，如淡菜、鱼汤等，还有普罗旺斯式黄油淡菜、香芹蒜泥炸花枝和碎马铃薯石斑鱼等海产料理以及普罗旺斯香料蜂蜜烤鸭。端上来的多数菜肴的调味料加了百里香、迷迭香、洋苏草、牛至、月桂、龙蒿叶、香葱、白蒜、橄榄油等，对习惯了清淡菜肴的大伟一家来说，戛纳菜的口味似乎有点偏重了。

午餐后，他们搭船前往圣玛格丽塔岛，圣玛格丽特岛是个非常著名的要塞，这里就是传说中关押铁面人的岛屿。传说在 1687—1698 年，有一名神秘男子被囚禁在圣玛格丽塔岛上的皇家要塞，他终生被限制要戴着铁制的面具，不能让任何人看到他的脸，之后他被移往巴黎的巴士底监狱，并于1703 年死于狱中。在法国革命时，监狱被攻破后发现了这个秘密。关于铁面人的传说有多种版本，不过流行最广的还是大仲马的小说《三个火枪手》，传说这名铁面人就是当时的国王路易十四的孪生兄弟。往日的阴影已经散去，现在这里是戛纳人休闲度假的世外桃源。登上圣玛格丽塔岛，只见岛上植满松树，交错纵横的林阴道上树的华盖如云，遮去不少炽烈的阳光。在这里的旅行就像是一次探险，能发现许多中世纪时期的遗迹，比如皇家要塞、戛纳海洋博物馆、铁面人的囚室、考古洞穴等等。尤其是参观铁面人的囚室时，那种飘散不去的恐怖气氛令凯思琳情不自禁地紧紧拉住了父亲的手臂，但儿子约瑟夫却一点不害怕，在岛上兴奋地窜来窜去。

从喧闹的戛纳回到尼斯已是傍晚 6 点多，车子缓缓驶入

别墅，此刻这幢地中海边的房子显出一种远离尘嚣的脱俗之美，犹如世外桃源。这个季节尼斯的白昼特别长，直至晚上9点左右天才会一点点黑下来。在露台上用晚餐时，大家边吃边聊，互相交流着白天游览戛纳的感想，温馨的家庭气息洋溢在这幢地中海边的别墅里，令大伟十分享受。当天边开始出现晚霞时，大伟走到露台边，并招呼孩子们和他一起看夕阳余晖落在阿尔卑斯山脉，看天边流动的金色和红色一点一点晕染着天边，那是他百看不厌的美景。孩子们不断欢呼雀跃着："好美呀！"一边的艾丽思则拿着她的单反相机悄悄地摄下了这一幕动人景象。

菲佣 LV

　　大伟一家在尼斯度假，自然也有许多家务事情要处理，为了生活方便，艾丽思便把香港家里的菲佣 LV 带到了尼斯。菲佣的名字怎么叫 LV？一点也不夸张，这是她的真实姓名，为何要起这样的名字，可能向往奢侈的生活吧。所谓菲佣，就是来自菲律宾的高级佣工，也就是家政服务专业人员。在世界家政行业中，菲佣可以算得上是一个世界知名品牌，菲佣的足迹遍布全球，被誉为"世界上最专业的保姆"。相对于其他国籍的家政服务人员，菲佣对于持家，照顾老人、儿童、动物、护理花园及与主人沟通的能力相对较高。请个菲佣看孩子，在不少地方被认为是高雅、有地位的象征。从 19 世纪 70 年代开始，香港也成为菲佣的主要输入地之一，大牌明星身后常常跟着菲佣。艾丽思请的菲佣名叫 LV。33 岁的 LV 长着一张鹅蛋脸，大眼睛水灵灵的，圆圆的的鼻子显得颇为可爱，嘴唇有点厚，一头齐耳的短发使她看上去干净利落。和大多数菲佣一样，LV 皮肤黝黑但很光滑细腻，身材虽然不高但很丰满，女人味很足。她还很会穿衣服，艾丽思不穿的衣服送给她，她穿上也很有味道。LV 说话声声音轻轻的，带点娇羞的姿态。她喜欢笑，爱打扮，如果有事外出，她会为自己化个精致的妆容，看上去很漂亮，就像是位有身份的太太。LV 在菲律宾有自己的家，有丈夫，还有一个 8 岁的儿子。她为人乖巧，嘴巴很甜。不过，艾丽思觉得她讲的比做的好，比如她对煮菜会说得头头是道，可是煮出来的菜却和她说的完全不是一回事。艾丽思有时候憋不住要说她，她也不争辩，只是嘻嘻地笑，艾丽思拿她也没办法。虽然这位菲佣有些偷懒、做事比较马虎，但是，她脾气好，人很善良，主要是她对孩子特别好，这使艾丽思能放心用她，也就包容了她的缺点。

艾丽思把 LV 带到尼斯后，LV 显得很快乐。几天后，她提出想去看在罗马替人帮佣的姐姐。艾丽思因为听说过有人把保姆带到国外后保姆弃主逃逸的事，所以心里是不情愿 LV 一人去罗马的。艾丽思追问道："那是你的亲姐姐吗？" LV 楚楚可怜地说："是的，我们家孩子多，她是我的大姐。我们已经十年没见面了。"心地善良的艾丽思一听说她们姐妹已十年未见，立刻心软了下来，说："哦！这倒是应当去看看的。这样吧，我来安排，一定让你见到你的亲姐姐，以解你姐妹相思之情。不过，你去见你姐姐之前必须把你的护照交给我保管。" LV 喜笑颜开，连声说好的好的。几天后，艾丽思和大伟一清早开车送 LV 去罗马。从尼斯到罗马要开 8 个小时的车，到了那里，大伟特地在酒店订了两间房，一间他们夫妻两人住，另一间给 LV 住。可是，到了罗马后，LV

却进一步提出要到自己姐姐家去住两天。这下艾丽思不愿意了，她一口回绝说："这不可以！我不放心！万一你不回来我怎么向你丈夫交待？"LV哀求道："太太，我把姐姐家里的电话和地址都告诉您，我的护照也依旧由您保管。我百分之两百会回来的。因为我爱你们家的两个孩子，我也爱你们！你放心好了，我绝对不会走掉的。"艾丽思望着她充满诚意的眼神说："那么你一定要答应我，第二天晚上必须回来！我相信你！"LV怀着感激之情，笑嘻嘻地说"OK！放心吧！我10点半之前一定会回来的。"

　　第二天晚上，过了10点半，LV还没有回来。艾丽思开始胡思乱想了。她想LV留的电话和地址到底是不是真的呢？艾丽思心情烦躁地踱步到酒店大堂旁的咖啡馆，要了一杯咖啡，坐下来等LV。可是一直等到11点半，依旧不见LV的身影，她想会不会LV直接上楼去了房间里呢？她就急急忙忙地坐电梯上楼去敲LV的房门。门铃按响后半天都没人应答，看来，房间里没人。艾丽思只能重新回到酒店大堂等候，将近12点时，酒店的门开了，艾丽思看到LV从门外款款地走了进来。艾丽思顿时忘了之前等候的心焦，情不自禁地上前拉住LV的手说："你总算回来了！我还以为你不会回来了呢！"LV嘻嘻地笑着说："哎呀！怎么会呢！我答应回来就一定会回来的。你们根本不用等我。"边说边给艾丽思看她姐姐送的

一大堆时髦衣服。因为第二天一早就要回尼斯，艾丽思让 LV
把所有的行李都整理好，这样，第二天一早拿了行李就可直
接走。

第二天清晨，他们在酒店吃完早餐后，就由艾丽思开车
回尼斯。一路上，艾丽思的心情很好，她在车厢的反光镜中
一直看着坐在后面的 LV，心想自己总算没有白白信任她。车
开了一个小时，离开罗马将上高速公路时，艾丽思突然叫了
一声："糟糕！我把所有要紧的东西都锁在了酒店的保险箱里，
临走时忘记取出来了。"大伟一听，赶紧让艾丽思回酒店去拿，
那时，还没有GPS，好不容易才找到了回酒店的路。进了酒店，
和大堂经理说明了情况，经理说，你们自己上去看看东西还
在不在。两人急忙上楼，艾丽思打开保险箱，幸好没人动过，
因为密码是艾丽思自己设置的，所有的东西都还好好地躺在
里边。艾丽思心里想想觉得应当感谢 LV，因为自己一直在看
着 LV，而她的护照交给了自己，要不是在反光镜里看着她，
就不会想起护照的事，也不会想起护照还在保险箱里。否则，
到了尼斯再想起来就麻烦了。

通过这件事，艾丽思对 LV 多了一份信任，觉得 LV 还
是很守信用的。

管家亚尼克虽然不错，但他有个毛病，就是不愿意开车，
每次叫他开车都被他视为是额外的工作，所以很不情愿。在

他管理房子时，所有要付的钱都是按他说的支付，钱和支票也都交给他管理。每次，艾丽思想让亚尼克开车送她出去，他总是说："我太忙了，大伟先生的事情太多了，你自己开车出去吧！"艾丽思就和大伟说，我们能不能找一个专职驾驶员，让亚尼克专做管家的事。大伟同意了，他让朋友为他找了位法国司机，他叫皮埃尔，虽然不过50多岁年纪，头发却已经花白了，这让他看上去比实际年龄要老。皮埃尔中等个子，身材壮实，长着一张典型欧洲人的脸，面相看上去很善。皮埃尔原先是做雪糕生意的，后来生意失败，就失业在家，连房租都付不起，只好和太太一起住在妹妹家。皮埃尔脾气很好，话也不多，做事很卖力，这让大伟很满意。皮埃尔告诉大伟，他有个要求，可否在空闲时间允许他帮园丁在花园里做些义务劳动。皮埃尔自家没有花园，而他又酷爱花园，大伟当然是再高兴不过了。但是，亚尼克不喜欢皮埃尔，也许潜意识里觉得皮埃尔影响了自己在别墅内的地位。所以，他对皮埃尔总是不理不睬的，好脾气的皮埃尔也不放在心上。

私 奔

　　第二年夏天，艾丽思又把 LV 带到了尼斯。LV 对艾丽思说，她很喜欢尼斯。艾丽思试探地问她，如果让你留在这里，你愿不愿意呢？ LV 想都不想，就回答道："不愿意！我在这里人生地不熟的，语言也不通，怎么活下去呀！"艾丽思听了，自然对她放心了很多。因为有 LV 在家料理家务，煮饭等等，所以大伟预先约了三批朋友到尼斯的别墅来作客。

　　LV 来到尼斯后，做事很勤快。按规定，她每周休息一天。LV 喜欢玩，平时周末都是自己出去的，也不用打招呼，大家都已经习惯了。只是会说好时间由艾丽思亲自开车送她下山去，然后说好时间再下去接她。来到尼斯的第三个周末，一早就没看到 LV 的人影，艾丽思认为她是自己出去玩了。因为前一天晚上 LV 就对艾丽思说过，第二天一大早要出去玩。她说自己认识搭巴士的车站，不用艾丽思送她下去。晚上回来也不用去接她，她会自己坐车回来。艾丽思对 LV 很信任，尤其是去年送她去罗马姐姐家后她如期归来的表现使艾丽思对她完全没有半点戒备之心。可是，那天直到半夜 11 点钟还不见她回来，艾丽思开始着急了。

　　她想，LV 会不会遇到了坏人，或者遭遇了车祸，还是被绑架了呢？到午夜 12 点半时，还不见 LV 回来。艾丽思就到楼下去找皮埃尔。她焦急地问皮埃尔："你看到 LV 回来了吗？"皮埃尔说："没看见啊！"艾丽思只能再上楼来等，一直等到凌晨 1 点，LV 还是没有回来。直感告诉艾丽思：出事了！她果断地下楼，让皮埃尔陪她到 LV 的房间内看个究竟。进房一看，只见衣架上挂着 LV 的内衣内裤，都是些很旧的衣服。LV 带来的两个旅行箱也在。艾丽思对皮埃尔说："皮埃尔，我当着你的面把 LV 的箱子打开，看看里面有什么东西。你要为我作证。"皮埃尔点点头，他把箱子一拎，说："太太，这箱子好重，看来里面的东西都在。"艾丽思心存一丝侥幸地打开箱子，只见里面全是些旧书、旧衣服以及用报纸包着的砖头。艾丽思看着箱子里的这一堆垃圾，一下子全明白了。回想起在香港出发去尼斯前，她就发现 LV 带的两个箱子特别重，便对她说："尼斯什么东西都有，你不用带那么多东西去，太累了。"LV 嘻嘻地笑着说："箱子里全是孩子们的书呀！他们在那里也要复习功课。重一点没关系的，我拿得动。"现在看来，LV 是把自己的所有家当都塞进箱子运到尼斯了，看来这是一个很周密的计划。这时，皮埃尔两手一摊，做了个鸟儿飞掉的手势，意思是"她逃掉了！"艾丽思最害怕的事情居然发生了。她顿时目瞪口呆，好不容易缓过气来。说："皮埃尔，你陪我一起上楼吧！"两人急步上了二楼，见了在客厅里焦急等着的大伟，艾丽思带着哭腔说："大伟，LV逃走了！"大伟一听大吃一惊，连忙问，这到底怎么回事？听他们解释完后，大伟略一思考，说："今天太晚了，皮埃尔，你去睡吧！明天一早我们就去警察局报警。"

大伟和艾丽思这一晚彻夜未眠，艾丽思反复寻思，LV的出走实在有点蹊跷，到底是谁帮助她逃走的？难道是她罗马的姐姐？大伟说："这好像不大可能，她姐姐也只是给人家帮佣的，没有这个能力。而且，她的所有证件不都在我们这里吗？"艾丽思说："是啊！自从去年LV从罗马回来后，她便主动将护照交给我保管，说是免得我们担心。真令人百思不得其解啊，！"两人迷迷糊糊地睡了一会，又不时惊醒，不知不觉天已经亮了。

第二天一早，他们以沉重的心情去了警察局。警察潇洒地坐在他的转椅上转来转去，边哼着歌边听大伟诉说，中间不停地说OK! 等大伟讲完了，警察笑笑，说："先生，这种保姆失踪的事情是经常发生的。无非是这几个原因，一是迷路了，可能好心人会送她回来。二是被车撞了。这也不用急，三四天后医院自然会来报警的。三是绑架，根据你们的情况，保姆被绑架的可能性不大。如果她一个星期还没回来，那就可能真的是逃走了。"艾丽思说："可是她的护照和机票都在我这里呀！"警察说："这个也简单，她只要到警察局去报个警，说是自己的护照和机票被偷走了。菲律宾领事馆会给她补一张新的护照。""啊！原来是这样啊！"艾丽思觉得自己真是太傻了。她还以为护照在自己手里，LV 就没法逃走，现在看来都是徒劳，要逃走照样可以逃走的。警察说："你们先回去吧！一周以后，假如这个保姆还是没有回来，你们再到警察局来写一份简单的书面说明吧！"临走，警察幽默地说："你们到家后说不定可以看到你家保姆正在家里安安静静地等着你们呢。"艾丽思一听，觉得警察是经验之谈，便对大伟说："我们赶紧回去吧！LV 没有钥匙，她回来进不了门。"两人心急火燎地赶回家中，一看根本没有 LV 的影子，她房间里所有的东西也没动过，很明显她是不会再回来了。但艾丽思心里还是留存着希望，他想，LV 是有儿子的，她的心再狠也不至于抛弃丈夫和亲生儿子。所以，她应该是会回来的。而且，自己只为她办了两个月的签证，两个月后，LV 就成了当地的黑户口，工作要出示护照，她没有护照又没签证，就会被欺负，而且也没人敢雇用她，因为一旦查出来，雇主是要被罚的。虽然这么想，但艾丽思还是整整一个晚上没有睡着。她担心她丈夫会来找自己要人，大伟安慰她说：现在我们报过警了，这就意味着她的失踪和我们已没有一点关系。但艾丽思还是会不断地胡思乱想，心情糟糕透了。一个星期很快过去了，LV 自然没有回来。大伟和艾丽思去警察局做了关于保姆失踪的简单说明。

　　LV 失踪后，管家亚尼克好像很不开心。他一会儿说："现在你们有了驾驶员皮埃尔，他对尼斯熟悉，可以陪着你们去各处买东西，联系电话也可以由他去打，你们好像不再需要我了。"一会儿又说："我很忙，现在你们有了皮埃尔，我觉得自己已经没有必要再待在你们家了！"亚尼克的这种态度让大伟很不舒服，他想，要真是不愿意做下去，那就走吧，何必这样阴阳怪气的。几天后，亚尼克果然提出了辞职。大伟说："亚尼克，我这里的事情确实不多，既然你这么说，我也不勉强你了。以后如遇到解决不了的事，再请你过来帮忙吧。"

　　大伟就这样顺水推舟地答应了亚尼克的要求。亚尼克走后，皮埃尔便成为这幢别墅的新管家。

约瑟夫

　　大伟和艾丽思有不少朋友，每次来尼斯度假，一些朋友也会顺便过来欢聚。在这幢别墅里，他们已接待过数不清的朋友，有些已是几十年的好朋友了。大伟这次预先约了三批朋友到尼斯的别墅里来。现在菲佣逃离，家里没了保姆，朋友来了怎么办？见艾丽思整天发愁的模样，大伟安慰她说，你不必担心，我来处理这件事。大伟在原先邀请的朋友邮箱里各发了一封信，信中说："我从香港带到尼斯的菲佣现在失踪了，暂时无人料理家务，因此所有的聚会只能简单化，并请大家一起动手。"朋友们很快就回复了邮件。有的朋友说："我们家从来不用保姆的。你放心，我们一起包饺子吃。"许多朋友在邮件中说："我们在这里的七天会全部安排好，一切从简吧。每天的菜，我们会帮你一起做。"这下艾丽思放心多了。晚餐一般是在外面吃，而早餐大家一起帮着做一些简单的，午餐有时会在家中吃，厨房里每天人来人往，好不热闹，别有一番情趣。大伟和艾丽思经历了一场从来没有过的完全自力更生招待朋友的生活。

　　朋友走后，放暑假的日子到了，两个孩子也从香港飞了过来。儿子约瑟夫还在念书，小伙子长得既酷又帅，高高的额头像极了母亲艾丽思。约瑟夫谦虚好学，诙谐幽默，很讨人喜欢。他非常喜欢美食，偶尔也会自己动手做几个。有一年夏天他参加了学校的暑期班，去香港半岛酒店学厨艺。这次，约瑟夫自告奋勇地说："妈妈，我来帮你们煮饭、洗菜，我还会炸猪排和牛排。"艾丽思说："好啊！"于是一家人分了工，女儿凯思琳负责洗碗，做家务事。大伟和艾丽思负责到超市去买菜。

就这样，大家在一起度过了虽然没有保姆但却很有意思的两个半月。

欧洲文化从小就渗入两个孩子的血液，凯思琳看了很多欧洲世界名著，几乎能说出每部名著的主人公名字。儿子约瑟夫每次来到尼斯的别墅都会有灵感，这里让他对整个世界的看法放大了，把自己的心打开了。他在城市里总感觉有东西盖着自己，在这里却感觉整个人都打开了，灵魂打开了，心和这个世界连在了一起。和姐姐凯思琳一样，约瑟夫也喜欢看书，尤其是历史书和科学幻想小说，他15岁开始看《甘地自传》，对甘地佩服得五体投地，后来，还特地飞到印度去看甘地博物馆。即便到尼斯度假，约瑟夫也很少出去，他喜欢拿一本书来到面向地中海的平台上，靠在晒太阳的躺椅上看书，他觉得那是一种美妙的享受。不过现在他看的大多是有关公司投资方面的书，还有圣经和小说。他说读书一定要有计划地去读，自己喜欢把一些书放在一起交错着看。约瑟夫大约 9 岁时，大伟就训练他骑马，并且让他自己学着安装马鞍，所以他对马特别有兴趣。他最喜欢的一本书就是英文版的尤金·彼得圣的《Run With The Horses 》，翻成中文就是《和马一起跑》。

在尼斯度假的日子里，艾丽思忙于料理家务琐事，凯思琳弹钢琴，约瑟夫看《和马一起跑》，大伟画画。大伟的油画色彩越来越浓烈，无形中染上了这一片土地的热烈。大伟从小喜欢画画，他在读小学时开始画素描，到了中学画水彩画，然后又画油画。酷爱画画的他一拿画笔就停不下来，常常画得连吃饭都忘记了。在尼斯，大伟时常穿着他那件沾满了五彩缤纷的油画颜料的 T 恤，在平台上不停地画啊画，乍一看，还真有点画家的范儿。大伟特别欣赏欧洲画家的作品，梵高、塞尚、马蒂斯、毕加索、莫奈、高更等都是他的最爱。他们都曾经住在南法，普罗旺斯的阳光使他们的作品七彩缤纷，充满生命的张力。在尼斯等待的日子，大伟经常去尼斯附近的画家作品集中地的画廊小店，去欣赏画家的新作品，他有时也会钟爱那些不出名画家的作品，觉得有着不同的魅力与独特的风格，混合着许多现代人的手法与技巧。大伟有空时，也会在家里画画，他把南法的阳光尽情地在画布上挥洒，并看了许多有关梵高、塞尚、马蒂斯、毕加索等画家的作品，惊讶于他们在南法获得的灵感。约瑟夫看着爸爸坐在平台上画他喜欢的抽象油画，他发现爸爸画的树，既是树又不像树。从小他就知道爸爸喜欢独自一人享受孤独，不喜欢被打扰，所以常常一个人去世界各地旅游，独自面对大自然，甚至有意识地去挑战极限，在儿子的心目中，爸爸算得上是半个冒险家呢！不过现在，约瑟夫却想和爸爸一起去旅游，目标便是那些南法画家曾经生活和创作过的地方。

那天晚餐时，约瑟夫提出了自己的想法。艾丽思第一个举双手赞成。因为没有保姆，她不得不亲自去做许多家务事，尤其是厨艺，她的水平很一般，很难满足家人的需求，出去旅行无疑是一个最好的解脱方式。凯思琳当然也愿意出去玩，而大伟其实早就想去看看那些自己心仪的地方了，现在由约瑟夫提出来，则更让他感觉欣慰。

寻访梵高

　　说走就走，第一站选的是离尼斯300多公里的阿尔勒。在梵高的生命中，最精彩也是创作量最丰沛的时期，就是他停留在法国南部普罗旺斯的阿尔勒时，那是梵高最后两年的居住地，也是他生前最佳作品的灵感创作地。1888年2月21日至1889年5月3日，梵高旅居于此。在阿尔勒旅居期间，梵高租住在廉价小旅馆中，在这里，他将满腔热忱化作浓烈的色彩与不羁的笔触，创作出了《夜间露天咖啡馆》《罗纳河上的星夜》《阿尔勒医院的花园》《向日葵》《朗卢桥》等传世名作，他人生的最后旅程也是在这里走过。这座被天才画家定格在艺术光辉中的小城是仰慕梵高的大伟一直想要去的地方，虽然这里已经再也没有了梵高。

　　阿尔勒离地中海非常近，又位于意大利到西班牙的重要道路上，所以从古罗马时期开始，阿尔勒就成为这一区域的重镇。整个阿尔勒市被罗纳河一分为二，阿尔勒城里城外，到处都是罗马时代的遗址，两千年历史的建筑散落在城市的每个角落。其中最早的古罗马竞技场、古罗马剧场和古罗马地道可以追溯至公元前一世纪。这个罗马时期的古城，是让艺术家们找到灵感的古韵之都，被联合国列为世界历史文化遗产。一家人在城里漫步，信步就走进了一片公园绿地，公园里竖立着梵高的纪念雕像，花园里的一条小径把他们引向古罗马剧场，罗马剧场原来是堡垒，目前仅存两根罗马古柱，被当地人戏称为"两寡妇"，这里现在是阿尔勒节庆的举行地点，夏天这里也经常举办露天音乐会。走不多远便是古罗马竞技场，一家人立即被眼前这硕大壮丽的建筑震撼了，这是普罗旺斯地区保留得最完整的罗马遗迹之一，其历史可以追溯至公元90年，梵高作品《阿尔勒竞技场》描摹的就是这个建筑。这是一座由双层拱廊、120座拱门组成的圆形竞技场，可视为当时罗马政治、文化、艺术水平所达到的顶峰之作。这个规模巨大的竞技场被认为是世界上最大的，保存最完好的竞技场之一，也是给人印象最深刻的竞技场。最开始的时候，竞技场用于战车比赛和血腥的徒手格斗，在5世纪罗马灭亡后，成为人们避难的场所，之后转身作为要塞使用。目前的阿尔勒竞技场以斗牛著称，是如今法国为数不多的能看到斗牛的地方之一，这对于斗牛迷非常具有吸引力，经常是一票难求。除了斗牛外，夏季也有戏剧和音乐会在此举办。

当他们经过竞技场时，艾丽思一眼就看见贴在墙上的那张偌大的大红海报，她指着前方对孩子们说："好消息，今天我们有幸可以到这个竞技场去观赏一场斗牛比赛了！"艾丽思的话音未落，孩子们早就小鹿一样奔向售票处了。到了

售票处一看，才知道这是连续三天的联票表演，那天是最后一场，而且票子早已售罄。两个孩子顿时失望极了。望着两个孩子一脸沮丧的表情，大伟找到了剧场经理，告诉他自己一家人是远道而来的，对斗牛表演向往已久，无论如何请他设法让他们进去。大伟的诚恳感动了经理，他答应让他们进去，虽然好的座位已经没有了，但还是拿到了楼上不错的座位。两个孩子顿时雀跃不已。和孩子们一样，艾丽思也是第一次看斗牛表演，因为西班牙的斗牛太惨烈，所以她从来不敢去看。而这里的斗牛比赛却有别于那种野蛮血腥暴力的模式。他们进去时，只见斗牛场楼上楼下里坐满了观众，比赛为十个身着紧身白色衣裤的帅小伙子对着一头牛，牛角上挂满了漂亮的花饰和缎带，小伙子们要设法用自己手中的弯钩靠近牛角，将牛角上的花饰和缎带除去，直到牛角上没有任何装饰为止，如果遇到危险，万不得已时，小伙子们可以跳过木珊栏逃生，现场还有乐队助兴。大伟一家在观看时，不时发出惊呼，为那些小伙子们捏一把汗，场面异常火爆和紧张，一些小伙子们在被激怒的公牛追逐下，一脸惊恐地跃过木栅栏逃生。场上的高音喇叭里则不停地呼叫着不同的价格，让观众加钱下赌注。这其实是一种带有赌博性质的游戏，他们因为不懂怎么玩，所以只能在一旁观看。这个斗牛比赛虽然没有血腥暴力，但整个场面让他们感到于心不忍，觉得那些表演的小伙子们太危险了，他们这样不是在用自己的生命博取观众的喝彩声吗？突然间全场一阵骚动，因为有一头被激怒的牛踩跨了栅栏，径直冲向观众席，观众们立即惊呼着从座位上跳起来四散奔逃，只见几个工作人员急忙拿着厚重的木板，从四面堵拦着公牛，最后顺利将他赶回了场地，观众都松了口气，幸好无人受伤。因为场子太火爆，又十分吵闹，他们互相之间的讲话一点都听不见，在大伟的建议下他们提早离开了竞技场。

在罗马竞技场旁的一个小巷里藏着一个梵高纪念艺廊，

从外观看，它就像一幢公寓房子，里面收藏了来自世界各地艺术家的作品，他们用创作来表达对梵高的敬意。在明媚的阳光下，他们沿着石板路来到了拉马丁广场。这个广场因为梵高咖啡馆而闻名于世，成了阿尔勒人流最密集的地方。在那家著名的咖啡馆不远处可以看到一个牌子，上面用法语写着：1899 年 9 月梵高在此绘制了这幅名画《夜间咖啡馆》，

原作现收藏于荷兰米勒博物馆。艾丽思倒是一眼就看到了那座有着艳黄色遮雨棚的咖啡馆，雨棚下垂下一排白色复古造型的煤气灯，当然如今里面已经换上了 LED 灯泡。咖啡馆橘色的外墙上用醒目的红色写着"CAFÉ VAN GOGH"，这些字母被组成了半圆形，让人很远就能看见。呈现在他们面前的咖啡馆红色的大门、红色和黄色的椅子白色的小方桌在阳光下显得十分明快。约瑟夫叫起来："爸爸，这不就是梵高画过的咖啡馆吗？"大伟说："是啊！梵高曾在这家咖啡馆先后画了室内与室外的画作，室内部分是梵高连续 4 天利用晚上时间待在这家通宵营业的下等咖啡馆里画的，那时，这家咖啡馆是流浪汉和醉鬼们出入的场所。他用红色和草绿色表现人的可怕激情。他在画中尝试着表达这样的意思：咖啡馆是一个引诱人破产、堕落、发疯和犯罪的地方。"凯思琳说："可是现在这家咖啡馆看起来还不错呀！虽然有点简陋。"大伟说："那是后人在装潢上特意修饰与模仿了梵高画作的情景。在梵高完成《夜间露天咖啡馆》的 100 多年后，这家咖啡馆更名为"梵高咖啡馆"。如今许多游客都是冲着这幅画而专门到此喝上一杯，感受一下梵高画中的情景。这咖啡馆已有一百多年了，至今仍然保养得这么好，就像当年梵高画的一样。当然，咖啡馆中已找不到梵高用以消愁的苦艾酒了。"大伟又指着咖啡馆门前竖着的一幅梵高的《夜间露天咖啡座》

的复制品说："你看，在这幅梵高画的咖啡馆外景中，明亮的灯光洒在鹅卵石铺就的广场上，在深蓝色的夜空中，群星闪烁，黄澄澄的灯光与深蓝夜空形成对比与互补的效果，整个气氛温馨恬适，与他笔下的咖啡馆室内情景形成了鲜明的对比。而这种在夜间画人工照明的户外写生就是梵高所独创的。"艾丽思感慨地说："这里的一切居然保留得那么好，除了鹅卵石路已变成水泥平地外，其他都没怎么变啊。难怪这么多人前来欣赏！"大伟说："梵高的这幅《夜间露天咖啡馆》被公认是梵高艺术成就巅峰代表作之一，从这幅画上，梵高已慢慢显露出繁杂不安，仿徨紧张的精神状态。"约瑟夫指着咖啡馆左侧的一个餐馆说："你们看，这里插上了红色的中国国旗还配上了很大的中文，是不是在吸引中国游客进来用餐啊？"凯思琳说："是啊！中国有很多梵高迷呢，他们都会来这里探访梵高的足迹。"

在梵高咖啡馆喝了杯咖啡后，一家人又去了阿尔勒城市西部的梵高文化中心，那里原是梵高割去耳朵后住过的阿尔勒医院，梵高当年割下耳朵后即被送往这里救治，后来，他精神状况恶化后也在这里住了一段时间。梵高住院期间，再度拿起画笔，画下了阿尔勒医院的庭院，那时的他思想上相对放松，这使他把这座医院里的庭院画得花团锦簇，美丽惬意。但是，从画中依旧可以感觉到医院紧闭的气氛，画面前方一株株树干扭曲的白杨树如同栅栏般隔绝了梵高的梦想和自由。这座医院是在梵高居住阿尔勒100周年纪念的时候，被改建为阿尔勒文化中心的，文化中心的艺术花园刻意保留了梵高当年所见的花草景观，看上去和梵高当年画下的庭院景色没有太大的出入，仍然是一片欣欣向荣的缤纷花园，只是花园四周原本是医院所用的建筑物里如今开出了各种纪念品店和餐厅，终日热热闹闹，很难相见梵高当年住在里面的场景了。

　　梵高笔下的向日葵有着一种生命蓬勃燃烧的冲动和张力，阿尔勒的向日葵是出了名的，不光是因为梵高的那幅向日葵，还因为阿尔勒本来就是一个传统种植向日葵的地方。7月，正是向日葵盛开的季节，阿尔勒小城周围的原野沐浴在夏日的骄阳下，田野里到处都是向日葵为这座洒满阳光的阿尔勒小城披上了金黄色的外衣。大伟感慨地说，怪不得梵高画面上到处是燃烧着的、明亮的黄颜色，自从文艺复兴以来的欧洲绘画，还没有过这样的黄色基调，是梵高大胆叛逆地把他的黄颜料源源不断地流向了画布。那是阿尔勒灿烂夺目的阳光赋予他的色彩灵感啊！凯思琳说："梵高最有名的画《瓶中的十四朵向日葵》就是他在1888年夏天在阿尔勒画的。这幅画后来几乎成了梵高作品的代表，至今梵高的这幅画仍是美术史上最受欢迎的一幅静物画，休斯说这是一幅以植物为题的《蒙娜丽莎》呢！"约瑟夫说："梵高的《向日葵》热烈蓬勃，但你们看其中有一朵却转向背面，是不是预示着这位天才画家短暂凄凉的结局呢？"凯思琳说："那你看他画的《星夜》如此璀璨，周围却是无尽的寂寞虚空。"听了两个孩子们的对话，大伟感觉他们已经有了自己独立思考的能力。他说："是啊！阿尔勒给梵高留下的是优美的风景和冷漠的人情，梵高却给阿尔勒留下了他不朽的杰作。"艾丽思也感叹道："梵高如同人间孤独的行者，只有向日葵和春天懂他。"

阿尔勒之行使两个孩子对梵高对欧洲文化有了进一步了解，对于他们情商的培养和艺术感觉的升华不无好处。而约瑟夫更是感觉自己在心灵和情感上和父亲有了更多的默契。

毕加索

几天后，他们又去了昂蒂布，那是因为毕加索。

位于法国东南角地中海沿岸的昂蒂布是法国著名的滨海旅游度假区。这个欧洲最古老的海港之一的昂蒂布被称为蔚蓝海岸最独特的隐居地之一，它与尼斯之间隔着天使湾，这里是法国的沙质海滩向意大利鹅卵石海滩过渡的地带。其实，这个距离尼斯大概 20 多公里的昂蒂布，在历史的长河里远比尼斯和戛纳都要有名，它是古希腊人在蔚蓝海岸建造的第一座城市。公元前四世纪，希腊人喜出望外地发现昂蒂布是从科西嘉到马赛间漫长航线上的天然避风港，便开始在这里建城定居，因此这座小城拥有着 2600 年的历史见证。昂蒂布原是古希腊的贸易港，根据所在地的城堡与大教堂留下的痕迹可确定这座沿海城市起源于铁器时代早期，昂蒂布的岩石不可否认地显示这个地方在当时促进了地中海沿岸人口的联系与交往。在公元前 4 世纪，它逐渐成为马赛的殖民地扩展区域，主要目的在于维持商业路道的畅通。随后它发展成为马赛的一个自治区。随着历史的推演，在新的公元纪年之际进入了古罗马时期，昂蒂布也逐渐受到拉丁文化的影响，搬迁进来的拉丁人也越来越多。起初，兴建起来的建筑主要集中在港口区域，就是今天的卡雷四方碉堡与老城区之间。中世纪时期，很多教会活动在昂蒂布开展，先后有两个显赫的家族对这片区域产生影响，他们是当时著名的格拉斯家族和格里马拉迪家族。很快，随之而来的是一段黑暗年代。直至10世纪，西哥特人、撒拉逊人，这些野蛮匪盗使得这片土地遍布恐惧。在1487年，普罗旺斯地区隶属于法兰西王国，而尼斯地区自1388年起则隶属于萨瓦国，瓦尔省沦为边界地带。17世纪，城镇的防御工事启动，在沃邦沿海区形成一道固不可摧的防御墙。到了1860年，随着尼斯城区和萨瓦区归并入法兰西王国，昂蒂布城便失去了它军事要塞的战略意义。到了接近1887年，出现蔚蓝海岸的称谓后，促成了昂蒂布一批新建的酒店、娱乐场和度假村的诞生。昂蒂布城在众多防御围墙之中显得过于拥挤，1895年人们便着手拆除一座座环绕着的城墙。昂蒂布老城环绕着古老城墙，使城区发展受到限制。1895年当地着手拆除城墙，结果大部分城墙都消失了，如今只能看到残存的门洞和码头上保留下来的防御城堡。历经几个世纪的沧桑，昂蒂布目前的规模主要源于17世纪所建的主港口，东面海滩多为海港和城墙，中间的海岬主要是岩石滩，西面的朱安雷宾海边大多是柔软的细沙子滩。从地域特点上可以分为4个主要部分：昂蒂布老城区、昂蒂布海岬、朱安雷宾滨海度假区以及北部的索菲亚－昂蒂波利高新技术研发区。

　　一家人下车后沿着码头一直往前走不远，就看到了城墙和城墙外的大海，还有下面这个老城的城门，城门以北是沃邦港口，以南是老城中心区。他们先向南走进了昂蒂布老城区。昂蒂布老城与戛纳和尼斯的老城遥遥相望，他们同样头枕着地中海的碧波，却少了游人的喧嚣，多了一份历史的厚重。如今，这里依旧保留着古朴的海港、城墙、城堡、堡垒、民宅、街道，深厚的历史积淀造就了这里独一无二的气质，老城区内不仅居住过众多王公贵族，也是许多著名艺术家、文学家与音乐家们最钟情的地方。法国印象派大师莫奈曾在此短暂居留，莫泊桑的《漂亮朋友》也在此写就，西班牙画家毕加索在这里度过了浪漫时光。直到现在，老城中心仍有不少小画廊，甚至在路边也常能见到手执调色板的画家在充满激情地创作。窄窄的街道剪出一抹明净得犹如蓝宝石般的天空，两侧的民居大多用米黄色的石头砌成，家家户户都在自家门前及窗间精心地装饰着各种花花草草，每一条小路都被花草绿树点缀得风情万种，显示出生活的安逸和悠闲。约瑟夫说，我记得英国小说家格雷厄姆·格林说过："在所有的海岸城镇当中，昂蒂布是唯一一个保留着自我灵魂的地方，只有在这里才让我产生回家的感觉。"

　　他们边说边行，路两旁处处都有鲜花点缀，街道尽头便是普罗旺斯市场，市场前的雕像是纪念一位在法国大革命战争时期领导过数次重要战役，最后因斑疹伤寒死于昂蒂布的将军。从普罗旺斯市场正门前方右行，就走到了教堂。基督教早在3世纪就传入了昂蒂布，这里曾是主教区，所以至今这个教堂仍被称为昂蒂布大教堂。他们现在看到的建筑始建于12世纪，是当地的历史文物。教堂正门上装饰着昂蒂布的两个保护神，被箭射穿的殉道者圣-塞巴斯蒂安和在瘟疫中保护人的圣-洛克。12世纪的圣坛、15世纪的基督橄榄木像等保存完好。

教堂旁边就是格里马尔迪城堡，城堡前有高高的台阶。登上城堡能够俯视大海，现在这里已成为毕加索美术馆，石头墙壁上镶嵌着的毕加索巨幅画像居高临下地傲视着前来瞻仰他作品的人们，墙上的毕加索只露出了半张脸和一只眼睛，却掩盖不住那不可一世的目光。当然，毕加索的倨傲不是没有理由的。作为一名突出的合成立体派及超现实主义的代表画家，毕加索的作品影响了许多欧洲艺术家，可以说，他主宰了现代欧洲艺术，他的影响力不管是他的崇拜者还是反对者都不得不认同。

美术馆内除了1946年毕加索在这里居住时创作的作品之外，还展出着史戴尔的绘画作品、利西埃德雕像等众多当代西方美术大家的杰作。在毕加索美术馆的入口处有一个面朝大海的露台，陈列着一些露天的人体雕塑，这些人体雕塑全都背对大海，面朝城堡，似乎是在朝圣这古老的城堡。这个城堡最初建于4世纪的罗马时代，曾是要塞，后来改建成城堡。又历经了5—9世纪的整修，但从堡垒的大石块上，仍可看出是罗马人的风格。1608年作为私人城堡并入住摩纳哥王室格里马尔迪的家族成员。1925年，昂蒂布政府买下城堡并将其改造成历史与古物博物馆。1920年初，出生于西班牙的毕加索来到这个滨海城市，他惊艳于这里湛蓝美丽的海岸，于是画下了《昂蒂布夜钓》。1946年，65岁的毕加索带着比他小40岁的情人弗朗索瓦兹·吉洛再度回到此地，原本是想找一处风景优美、环境幽静的地方进行创作，他看中了附近的朱翁湾，但城堡的管理者，也就是艺术馆的负责人早就为这位赫赫有名的大画家准备好了一间画室，他被城堡管理者的热情所打动，就在这里下榻。昂蒂布的美景给予毕加索丰富的艺术灵感，而与弗朗索瓦兹·吉洛的爱情使毕加索活力无限，他在这座12世纪的城堡里住了6个月，在里面画画创作。昂蒂布典型地中海式的气候和灿烂明媚的阳光使毕加索感觉很舒适，他和恋人在这里生活得十分滋润，他们经常相依相偎地在海边漫步。在短短的6个月里，毕加索创作了23幅油画，44幅素描，成为创作生涯的一个小高潮，这些画作描述了毕加索对蔚蓝海岸的感受。毕加索离开此地时，为了表达

自己的感激之意，他捐赠出自己在这里的所有画作，但只有一个附加条件，那就是这些作品必须永远留在昂蒂布。他说"如果你们想看毕加索在昂蒂布的作品，那就得来昂蒂布。"

　　1966年，格里马尔迪城堡被改建成全球第一座毕加索博物馆，馆内除了展示毕加索的素描及油画外，也有他在瓦娄希所创作的陶器。在毕加索博物馆里，他们看到毕加索使用少见的工艺和材料如利普林油漆、石棉水泥、胶合板等等作画，显示出毕加索敢于取用新材料进行创作的卓越才干。大伟对两个孩子说，"生活的乐趣"是这时期毕加索搞创作所要渲染的主题，他以充满自然主义的灵感画静物、半人马、半人半兽的森林神、人身羊足的农牧神等。大伟指着毕加索在此留下的最有名的画作《生之喜悦》说："你们看，在这幅画中，法兰西瓦丝化身成酒神女祭司站在中央跳舞，毕加索自己是吹笛的半人马怪物，旁边则有农牧神和森林之神快乐地演奏乐器，画里看得到昂蒂布的海、船、灯塔和湛蓝的天空，女人胸部的线条也展露无遗，是毕加索立体画风的成熟之作。他们还看到1973年毕加索去世后，他的家人向博物馆捐赠的一批艺术品，这使得博物馆的收藏更加丰富。他们参观后，站在美术馆的露天花园往外望，看到的是地中海湛蓝清澈的海水，约瑟夫深深吸了口带着海腥气的空气说："爸爸，我感受到了毕加索为何会在这里灵感泉涌，并始终念念不忘这里的理由。"大伟慈爱地摸摸他的头说："孩子，你说得一点不错！"

从毕加索博物馆出来，穿过古老的城门，一侧有一大片长得恣意烂漫的龙舌兰，温润的气候使这里的龙舌兰长得高大肥硕，一侧有一个售品部，卖的是毕加索作品的复制品和明信片之类的。沿着绵延的城墙走就到了沃邦港，清新的海风夹着和煦安宁的气息扑面而来，嵌在海湾中的海水十分平静。这里的港口设有众多世界顶级游艇俱乐部，一年四季都停泊着众多游艇，夏天尤为可观，让人目不暇接。据说法国小说家莫泊桑在此写就的小说《漂亮朋友》大获成功，出版后两年，已经达到五十一版，莫泊桑用稿费买了一艘游艇，取名"漂亮朋友号"，在十九世纪期间曾停泊在这里。如今，沃邦港口的百万游艇码头是目前世界上吨位最大的超级游艇

Dilbar 的停泊母港，也是全欧洲最大的休闲港。几年前大伟的公司也在这里买了一条 100 多呎长的游艇，后运到香港。沃邦港边的四方碉堡始建于 16 世纪中期，经过拿破仑手下沃邦元帅的多次加建，这个古堡才成为现在的奇特造型，四角的城墙呈锐角棱面，是沃邦元帅特别设计的棱堡形式。这座防御城堡对于海防贡献颇大，配备了 18 挺加农炮，由于昂蒂布是一座历史悠久的渔港，古希腊时期的交通要塞。在四方碉堡的城墙上走到底有一个公共雕塑艺术，是这个老城里最耀眼的立体艺术品之一。它是由西班牙著名雕塑家 Jaume Plensa 于 2010 年创作落成的字母人雕塑。这是一个八米高的钢铁铸就的男人，他双手抱膝静静地坐在沃邦海港城墙上，面向广阔的地中海。雕塑身体是独特的字母圈结构，由 A 至 Z 共 26 个字母构造，并全部漆上了白色油漆，阳光穿透它们，在地面上投下清晰的印迹，据说雕塑家是要表达"水和可持续发展"的主题。

昂蒂布岬是昂蒂布地区往地中海伸出的一块狭长的半环形岬角，这里有闪亮的沙滩和碧蓝的海水，还有遍布古迹的小径，在夏季晴天时常可见到海上漂浮着一艘艘帆船。入夜，月光星光映在海面上，气氛极其浪漫。因为拥有绝佳的海角景观，环境遗世独立而吸引了许多富豪在此定居。沿着弯弯曲曲海岸公路所分布的，正是一栋栋被高墙深林所包裹的众多豪华别墅还有奢华顶级酒店等隐藏于此，每年戛纳电影节期间，盛大的明星晚会选择在此地的酒店举办。这些为昂蒂布岬蒙上了一层神秘的色彩。入夜，在这里的海岸餐厅用餐，望着映在海面上的月光、星光，那种感觉妙不可言。

昂蒂布靠海的另一边是一个兴起于 19 世纪末的滨海度假

区——朱安雷宾，1893 年，朱安雷宾的"大酒店"开放营业，同时，一批批度假村也陆续建成，这使得朱安雷宾成为一个介于尼斯和戛纳之间广为人知的滨海度假区。如今，那一带汇聚着会展中心、酒店、餐厅、酒吧、夜总会和赌场。每年举办的朱安爵士音乐节，是欧洲最古老的爵士音乐节，也是欧洲历史最悠久、与时俱进并独领风骚的爵士音乐节，无数国际爵士史上著名的艺术家均在朱安雷宾的舞台上表演过，因此这里有"欧洲爵士音乐节之父"的尊称。其实，早在 19 世纪 20 年代，昂蒂布就是国际社会精英和现代主义者的聚集地，他们为这个滨海城市带来了爵士乐。朱安爵士乐节始创于 1960 年，在当时来说，爵士音乐节这个概念是相当具有革命性的，普罗大众第一次在有史以来站在最漂亮的舞台背景中，那个面向地中海的茂盛的古尔德松树林下近距离接触和认识缔造爵士乐传奇的英雄们，从而引导了后来日渐走向常规化的、结合多种爵士乐风格的演出。一场场创造历史的音乐会，形成了人们对爵士乐的共同回忆。如今，朱安爵士音乐节已成为昂蒂布在国际上最佳的对外联系名片。每年都会有享誉国际的爵士音乐大师们从世界各地来到昂蒂布参加一年一度的爵士乐盛典，难怪有人将昂蒂布形容为"大师钟爱的小城"。昂蒂布以北部分区域划入著名的索非亚 - 昂蒂波利高新技术研发区，发展至今吸引了超过 1450 家公司入驻，

其中包括有名的华为公司。

　　大伟感慨地说，有人说昂蒂布是蔚蓝海岸唯一保留了自己灵魂的城镇。此话不错，它让我感觉到普罗旺斯风情和蔚蓝海岸的活力在这里完美地融合在了一起。

抢 劫

离开昂蒂布上车前大伟说要去一下洗手间，皮埃尔很周到地说："我们先上车，然后再把车开到洗手间附近接您。"孩子们带着一份满足感，兴高采烈地上了车，皮埃尔把车停在离洗手间不远的树荫下等候大伟。不一会儿他们就看见大伟朝自己的车子走来，他的一只脚刚跨上右侧车门处，突然一个踉跄，伴着一声大叫，整个人倒了下去。皮埃尔和艾丽思见状急忙由左侧下车奔向离车几米远俯卧在地的大伟，孩子们也一起跟了上来。

大家赶紧扶起大伟，但见他的西裤已被撕破，手掌上有条渗血的口子，大伟气喘吁吁地说："我刚跨上车便有人从后面拉着我的手提背包，直往外拉住不放。我发现是一辆摩托车，上面坐着两个带头盔的男人，我紧紧抓住自己的包不放，那辆摩托车就拖着我开了几米远，我跌倒后便松了手，他们立即抢了背包就飞一般地逃走了！"艾丽思心疼地用干净的手绢为大伟包住手上的伤口，孩子们轻轻擦去父亲脸上的尘土，拍去他身上的灰尘。约瑟夫随即问父亲："爸爸，您被抢走的包内有重要的东西吗？"大伟说："还好我的皮夹子在身上，不然，麻烦就大了，那里面放着身份证、信用卡等。

但包内有一大串别墅的钥匙和一架照相机以及我的卡地亚眼镜等。"艾丽思想到别墅里的钥匙全没了，顿时很着急，忙说："这相机内留有许多别墅的照片，这些人会不会拿着这串钥匙，再上门偷东西呢？"大伟想了想，说："这种可能性不大，因为尼斯很大，他们到哪里去找这幢别墅？这不是大海捞针吗？"一旁的皮埃尔吓呆了，他说在昂蒂布从未发生过这样可怕的事！

　　这时，街上一家卖纪念品小店的女店主向他们招招手，示意他们过去。一家人走进她的店，女店主拿出包扎的纱布与棉花棒、消毒水给艾丽思，让她赶紧为大伟包扎伤口。并看着大伟说，那辆摩托车一直在你们的奔驰车附近转来转去，见您走向车门时手里提着包准备上车，就上前抢您的包，可您没放手，所以他们就开足马力把您拖了几米远，直至您跌倒在地松开包后才抢了包逃之夭夭。大伟说："那他们为什么要盯住我们的车呢？"女店主说："我想可能是他们见到你们开的是奔驰车，还有位法国驾驶员，你们又是中国人，会觉得你们很有钱。"店主又同情地说："这里很少发生这种事情，这些人一定是难民或是从其他国家过来作案的，先生今天的运气真是不太好！"

　　艾丽思谢过女店主后，全家上了车，直接去警察局报案，毕竟整串钥匙在别人手中，总有些不放心。他们报完警后就立即去找配锁店，并要求连夜上门开锁。店里既是老板又是店员的一位先生说上门开锁需加倍收费。艾丽思说，没问题。当时大家都已经很累了，只想赶紧回家洗完澡好好睡个觉。

艾丽思因为不习惯随身带那么一大串钥匙，平时都依赖大伟，自己出门只带一把大门钥匙。现在家里又没有保姆，幸好自己带着这把大门钥匙，否则连家门都进不去。艾丽思把大门打开后，全家就从一旁的楼梯上到露台上，坐在躺椅上休息，等待锁匠的到来。暮色渐暗，将近晚上 10 点左右，锁匠终于来了。别墅内通向卧室有一道门，平时他们外出都会锁上。锁匠一踏进别墅，就转变口气说："这门的钥匙现在已经很难配到了，而且钥匙头那么长，之前说好的价格做不下来，除非你们再多加些钱给我。"锁匠说完，转身便整理工具，打算离开。大伟心里很清楚，凡是来别墅修理任何东西的人，只要见了房子基本上都会加价。自己也只能像板上的肉任人宰割了。可艾丽思这次不服气了，她说，明明讲好的价格，为什么一进门就变卦，这不分明是"敲竹杠"吗？她便用不太熟练的法语和老板理论，最后各让一步，即在原来说好的价格上再加点钱让他做，锁匠老板只用了 5 分钟便把门打开了，而他所要的价格却足够去买一把新锁。

第二天，大伟找了另一家锁店，将家里的锁，该换的换，该配的配了。

塞 尚

虽然在尼斯发生了上述很不愉快的事,但丝毫没有影响大伟一家对蔚蓝海岸的向往。

两个星期后,他们又去往埃克斯。大伟和艾丽思是故地重游,不过,上一次去埃克斯是为了到法院上诉,根本无闲心游览。这次除了领略埃克斯的普罗旺斯风情,也是为了寻访画家塞尚的足迹。

埃克斯的原意是由拉丁文"水"演变而来,也有人说埃克斯是"普罗旺斯最好的地方"。公元前122年罗马将军发现了这里的水能治病,于是,这座城市就叫做"水城"。艾克斯市内现有近百处喷泉,这里的自来水纯净无杂味。埃克斯又称"大学城",小小的城市竟然有五所大学。这里盛产薰衣草和葡萄酒。埃克斯当地人说:"薰衣草是普罗旺斯美丽的衣衫,而葡萄酒才是普罗旺斯的血液",这股自由的色彩蛊惑艺术家创作的灵感,包括塞尚、梵高、毕加索、莫奈、夏卡尔等人,均在普罗旺斯展开艺术生命的新阶段。被尊称为"现代艺术之父"的塞尚,他的创作风格对后来印象派画作的绘画大师们都起到了至关重要的影响,其中也包括马蒂斯和毕加索。在南法他看到了毕加索和马蒂斯的博物馆以及梵高创作的阿尔勒，埃克斯是塞尚的故乡，他自然要来看看。

约瑟夫很兴奋，他说："我看过书，知道埃克斯是塞尚出生和辞世的地方。"约瑟夫说得没错，塞尚1839年出生在埃克斯，父亲原为制帽商，后来成为银行家。塞尚原本可以继承父亲的事业，但他却不可救药地爱上了绘画。塞尚中学毕业后以优异的成绩进入大学，攻读法律。然而，他实在不喜欢这个专业，勉强学了三年后，得到父亲的允许，塞尚前往巴黎进入苏维士学院学画，认识了毕沙罗，但因不适应巴黎的生活，当年9月就回到了埃克斯，在父亲的银行里做职员。可是，他在银行里只工作了几个月就又回到了巴黎，准备继续学画。第二年，塞尚参加美术学院考试却未被录取，参加沙龙展又落选，作品不为学院所接受。"后来，他又参加了"落选沙龙"，认识了马奈和雷诺阿。1866年，塞尚参加沙龙展再次落选，作品却受马奈赞赏。"凯思琳说："幸好马奈是塞尚的伯乐。"大伟说："是啊！从1862年到1872年的十年，塞尚自称为"悲惨愚昧期"，那时，他画明暗对比强烈的画，遇见了未来的印象派画家，并与毕沙罗交游。1872年，塞尚临摹马奈的《奥林比亚》，从1872年至1883年的这十一年时间，被称为'印象主义中的危机'。塞尚与毕沙罗一起到庞图瓦兹及附近的欧佛苏奥作画，发现了颜色和颜色的意义。那年，他参加沙龙展再次落选。第二年，35岁的塞尚参加印象派画家的联展，这也是印象派的首次展览，约有 30 位画家为反对沙龙的复古作风而举行联展，批评家以莫奈的一幅《日出·印象》油画，而称他们为印象派，但由于塞尚的画风强烈，虽然在毕沙罗的游走劝说下始获参展，但却受到大多数印象派画家的嘲笑。1877 年，塞尚参加印象派画家第三次联展。"约瑟夫说："爸爸，那么塞尚是属于印象派画家了？"大伟摇摇头，说："听我讲下去。第二年，塞尚回到了埃克斯，脱离了印象派画家的活动。他开始画故乡的《圣维克多山》。1879 年，塞尚参加巴黎的沙龙，再度落选，他心灰意冷地回到埃克斯。1882 年，雷诺阿到埃克斯访问塞尚，吉尔美担任沙龙评审，塞尚终于得以进入巴黎沙龙展出作品，但在名字前冠以"吉尔美的门人"字样。这年印象派举行了第七次联展。从 1885 年起，塞尚的画进入"古典成熟期"，历时约 12 年。从 1895 年至 1906 年的 11 年间，是塞尚一生的"胜利"时期。数次闯荡巴黎无果，作品屡屡在美术沙龙中落选，评论界的讥嘲，公众的疑惑，包括社交圈的浮华虚伪，都令这位天才的画家变得愈发孤僻、敏感、多疑和暴躁。身心俱疲的塞尚再次重返故乡埃克斯，他用画笔孜孜不倦地描摹故乡栗子树下的小径，加尔达纳的村庄，埃克斯的海港。他的作品摆脱了千百年来西方艺术传统的再现法则对画家的限制，以富于个人烙印的色彩块面布局、打破常规的透视、变形及

精妙的造型关系著称，画面的物象极具结实、厚重、封闭的几何感和体量感，弥漫着质朴而又深邃的诗意，为法国绘画的"立体派"开启了思路，从而催生了法国立体主义的崛起，他的声誉也随之日隆。在他65岁时，巴黎秋季沙龙的整整一个房间都展出了他的画，他终于获得了最后的胜利。第二年，秋季沙龙展出了塞尚曾经画了七年的大幅《浴女图》。1906年10月15日，67岁的塞尚正在画《约旦的小屋》时遇大风雨，罹患肺充血，一个星期后就逝世了。"艾丽思叹了口气，说："塞尚也够坎坷的，在他已功成名就之际，却早早离开了人间。"凯思琳说："但埃克斯却以他为骄傲，我觉得这就足够了！"

正如凯思琳所说的，在埃克斯，他们看到以塞尚名字命名的地方比比皆是：塞尚大街、塞尚广场、塞尚咖啡馆、塞尚理发店、塞尚画廊……埃克斯最大的中学叫塞尚中学，最大的电影院叫塞尚电影院，最大的医院叫塞尚医院。在埃克斯的一家咖啡馆楼上，至今仍挂着塞尚当年为父亲的帽子店所绘制的广告画。从埃克斯旅游中心出来，会看到地上标有"C"的铜牌，你只要按照这个铜牌的指引，就会看到塞尚的出生地，他上过的学校，他经常光顾的卖颜料的小店，甚至他去世后埋葬的地方——圣皮埃尔公墓。在米哈博大街上他们看到了塞尚塑像，这是 1926 年由雕刻家依雷诺阿所绘的素描塑就的，如今已成为埃克斯的骄傲标志。米拉博大街上坐落着米格涅特学院，这所学校的前身被称为皇家波旁学校，塞尚的中学生涯就在此度过，也是在这里，他结识了未来的法国文学大师左拉，他们是同学，又是好友，两人常常到乡间去散步，醉心于诗的海洋和音乐，在学生乐队中，塞尚吹铜管，左拉吹长笛。他们在米哈博林阴大街上看到了豪华的双叟咖啡馆，这间咖啡馆因为塞尚和左拉经常造访而名声大噪，咖啡馆内部装潢精雕细琢，墙面上有加缪、萨特、毕加索等人的壁画肖像与签名，靠近门廊的画家塞尚肖像是咖啡馆的招牌。楼上还有个爵士钢琴酒吧，门前的露天咖啡座是最受欢迎的，极高的人气使之称为米哈博林阴大道的风景之一。双叟咖啡馆隔壁就是塞尚的出生的地方，这里是埃克斯的高档地段，可见他年少时家境的殷实。当时作为银行家的父亲对新生的大儿子充满期待，希望他能子承父业当一个成功的商人。

埃克斯的旧城区位于米哈博林阴大道以北，穿过狭小的巷道就可以到达。旧城区以市政厅广场为中心，位于广场一角的钟楼上面有座天文时钟，钟楼上的雕像代表着春夏秋冬四季，市政厅和钟楼都建于 17 世纪。广场中央的市政厅喷泉是埃克斯最具特色的喷泉，由一根罗马石柱支撑着，底座上四个鼓着嘴用力喷出水的雕像十分生动有趣。再往前不远就是埃克斯大学，大学的对面坐落着圣救主大教堂，这座教堂融合了 15 世纪—17 世纪以来的各种建筑样式，包括 16 世纪的胡桃木门，4—5 世纪的圣洗堂，文艺复兴时期的圆拱门，2 世纪的罗马回廊等多种建筑风格。大教堂刚好位于塞尚住宅到工作室的途中，晚年的塞尚几乎每天都到这里来。大伟和艾丽思都是虔诚的基督教徒，自然要去朝圣一番。沿着教堂门前的马路走，可以看到远处的圣·维克多利亚山，晚年的塞尚常常这样凝视这座山，为它画下许多经典作品。在距离圣·维克多亚山大约 4 公里处的一个旧采石场的山腰上有一座黄赭色的石头房子，这就是塞尚晚年居住、作画的"黑堡"。这位天才画家把他的创作基地深藏在公路旁曲折盘桓的小树丛中，初夏的阳光被树冠的罅隙筛成金的银的面包屑，在前方匀匀地播撒下来，远远的似乎听得到鸟叫的声音。塞尚的画室就在一这幢两层小楼内，那是塞尚于1901年盖的。门前的庭院里，暗绿色的橄榄树枝叶葱茏，摆着可供休憩的桌椅，通向大门的两旁有大型盆栽，绿色的盆栽映衬着暗红色的门窗，艳丽如塞尚的画。从门前的三级台阶踏入屋内，一楼是卖旅游纪念品的，楼上是塞尚的画室，如今依旧保留了塞尚工作的原貌。沿着墙边，零零落落地摆放着画家当年使用过的几凳桌椅，破旧的藤编座垫中间全是窟窿。画笔、果盘、头盖骨模型以及肮脏的小钵小罐，一望而知是陈年旧物。到处残余着颜料的笔触，那是多种颜料混杂后的污浊，看上去是一种艺术感的邋遢，搁板上摆满各式碟子咖啡壶，墙上有一尊耶稣十字架，还有几幅装着画框的素描，椅子上放着竹篮子，桌子上有喝剩的酒瓶和酒杯，水果和餐巾随意散落在桌上，甚至还有一架高高的三角梯，梯上挂着一块色彩丰富的布，凌乱中充满生活气息。倚窗而立的空画框和未装裱的几幅画，斜斜地搁在窗台前，还有一个矮矮的画架，上面有塞尚尚未完成的画作，看起来像是主人匆忙中离去赶赴一个约会。屋子里有一面大窗，透过窗户，可以清晰地看到圣·维克多山。因为这里的风光是塞尚取景的最爱，灰白的圣·维克多山屡屡出现在他的画作中，因此通往圣·维克多山的公路被叫做"塞尚之路"。塞尚最有名的画作是 1892 年创作的《玩纸牌的人》，这幅画目前收藏于法国巴黎的奥赛博物馆。另一幅有名的画作是《圣维克多山》，这幅画目前收藏于美国纽约的大都会博物馆。大伟和艾丽思之前在这两个博物馆里分别看到过这两幅画。他说："亲爱的，你还记得吗？我们在纽约大都会博物馆看到的塞尚《圣维克多山》画的就是这里。""嗯，这里的确很美！"艾丽思说。大伟感慨地说："塞尚创作这幅画时已人到中年，这时的塞尚已不再纠缠于再现创作对象的具象细节或者印象派醉心的"飞逝的瞬间"，而是一心一意用"圆柱、球体和圆锥"的几何形色块，去表现山石林木之间恒定、庄严的秩序、平衡与和谐，以不受情感波澜、主观概念所干扰的赤子之心，去探寻隐藏在缭乱绚烂的自然万象背后的"客观真实"。它使塞尚这位后期印象派代表性画家逐渐过渡到立体主义派的重要画家，被西方美术界推崇为'现代造型艺术之父'，在现代美术史上，已经无人能与他的地位相比较。"两个孩子听着爸爸娓娓道来，深深被塞尚的故事感动了。他们望着远处温柔起伏的圣·维克多山，想象着这座山脉带给天才画家的无穷灵感。山风送来阵阵普罗旺斯的淡淡花香，一家人顿时有些迷醉了。

　　造访梵高、毕加索、塞尚使大伟一家人对南法更加迷恋，尤其是在两个孩子未来的生命旅途中，浪漫的法国文化已悄悄植入他们年轻的心灵。而这，也正是大伟想要的，中国传统文化所倡导的"读万卷书，行万里路"在这里悄然暗合。

真 相

　　孩子们的暑假圆满结束后，一家人回到了香港。艾丽思放下行李，再也按捺不住心中的困惑，迫不及待地冲进 LV 的房间，只见房间里整理得干干净净，把柜子打开一看，全都是些破旧衣服。抽屉里除了一些废纸，没有其他的东西。这充分说明了 LV 逃跑计划的周密。艾丽思把抽屉里的纸一张一张地翻出来，仔细看，突然发现一张用电脑打印出来的 A4 纸上用英文写着："亲爱的亚尼克，我这里一切都好……"下面是亚尼克的回信："你这次再来尼斯肯同我做爱，我高兴极了……"艾丽思这才真正地大吃了一惊。原来是旧管家亚尼克和 LV 里应外合，原先还一直猜测到底是谁来接走她的。艾丽思想自己怎么眼光差到居然连管家和保姆都会看不清楚。

　　艾丽思走进大伟的房间，对他说："亲爱的，你无论如何猜不到是谁帮助 LV 逃走的！"大伟诧异地张大了嘴巴，问："谁？"艾丽思当即把手里拿着的那张纸给他看。并说："如果不是这张纸泄露了秘密，我们永远不会想到管家亚尼克会做出这样的事来。"大伟这才恍然大悟，他激动地说："不行！我要打电话给亚尼克的哥哥。告诉他这件事"。艾丽思想阻止他别冲动，还是想个婉转点的方法问，免得大家尴尬。但大伟已按捺不住那股愤怒，他直接拨通了电话，在电话里把事情一股脑儿地对亚尼克的哥哥说了，并说："你的弟弟怎么可以拐走我们家的菲佣？"对方在电话里急得叫起来，连声说："不可能！这绝对不可能！你这是在侮辱我们！"大伟说："铁证如山！我下次到尼斯来把这封信带给你看。"对方啪地一声挂断了电话。后来，当大伟再回尼斯度假时，把那封信给亚尼克的哥哥看了，他哥哥的脸一下子涨得通红……

　　第二天，艾丽思把 LV 在法国逃跑的事向移民局及法国领事馆报告并注销其工作签证。领事很快就回信了，信中说，今年已收到很多菲佣逃跑的消息，他对他们的处境表示很同情，但也爱莫能助。两天后，LV 在香港的姐姐打来电话说："我知道 LV 从法国逃走了。其实，她去年从尼斯回来后，就千方百计地讨好你们，让你们喜欢她，好让你们再带她到尼斯去。我们是天主教徒，我因为实在看不过去，才打这个电话给你。她丈夫知道这件事，因为，她和丈夫感情不好，所以她不想回菲律宾。她不回去，移民局会找我，所以我一定要她回菲律宾看看自己的儿子。我知道你们一定很着急，我妹妹给你们造成了这么多的麻烦。我能不能约你出来详谈一下，并和她丈夫沟通一下。"大伟说："过几天我找你谈吧！"她姐姐说："先生，我在香港，您可以随时找我。"两个星期后，大伟打通了 LV 姐姐的电话，对她说："你要过来一下，帮 LV 处理她的物品。"她姐姐来了后，看了 LV 的房间后说："我不理解，这不是我所认识的妹妹，我也不要她的东西。这样吧，我打个包，把她的东西直接寄回她家里去。"

事后艾丽思回想起亚尼克和 LV 在一起的行为，感觉到他们其实是早就有了暧昧之情的，只是她没有在意罢了。管家亚尼克每天上午 10 点来别墅上班，中午饭就在别墅里吃。LV 在厨房煮菜时，亚尼克会进去和她说说话，见她喜欢笑，就故意说一些笑话，引得 LV 咯咯咯地笑个不停。亚尼克越讲，LV 笑得越起劲。LV 还常常特意为亚尼克加个菜。艾丽思虽然感觉两人似乎有点过分亲密，但好心肠的她觉得菲佣在这里也很寂寞，有个男人陪她说说话，也是很正常的事，何况两人都有家室，所以从来没有怀疑过两人会有私情。迁入尼斯新居后，大伟在别墅里举办了一场派对。管家亚尼克参与了派对的策划，他为大伟请了一家实行派对一条龙服务的五星级餐饮公司，桌椅、碗碟等都是他们带来的。那天，面向地中海的露台一边放着一张长长的餐桌，上面放着各种鸡尾酒、水果和各式各样的点心，露台的另一边放了五张圆桌子，每张圆桌可坐 12 人。招待员都穿上了黑白色的制服，恭敬地迎候来宾。那天正好是大伟的生日，他们请了邻居、朋友以及所有曾经帮过他们忙的朋友，邀请函上写明请客人带家属过来玩。公司带了菜单让艾丽思选择，有橘子煮鸭和地中海的安康鱼等菜肴和甜品。餐饮公司来的男孩子穿着黑白色制服，带着法国餐厅的白帽子，他们甚至把炉子都搬来了。厨房里的菜堆得满满的，他们来回穿梭着在轻柔的音乐声中把地道的法国菜一道一道地送到宾客面前的圆桌上。虽然天气很热，可来的朋友几乎都是盛装出席。

在准备派对时，LV 问艾丽思："太太，您看我穿什么衣服呢？"艾丽思说："你可以穿得漂亮一点，和我一起招呼客人呀。"LV 很高兴，她拿出一件黑绸连衣裙，说："太太，这是我去年生日时穿的，您觉得可以穿吗？"艾丽思说："当然可以！"于是，LV 穿上了她的那件黑色低胸连衣裙，脖子上带了串白色珍珠项链，看上去很优雅，这其实是艾丽思送她的生日礼物。LV 笑嘻嘻地招呼着宾客，许多朋友问艾丽思："这是你的新朋友吗？"艾丽思笑笑说："她是我家的保姆呀！"朋友说："哦！她很漂亮，看不出是保姆。"亚尼克很会交际，他在派对现场左右逢源，谈笑风生，很讨客人喜欢。他一边招呼客人，一边还挤眉弄眼地拍拍 LV 的肩膀说"别忘记留一些东西给我吃，蛋糕要留块大一点的！"那天，凯思琳在客厅里弹钢琴，在悠扬的钢琴乐曲声中，大家吃啊、喝啊、跳啊、唱啊，玩得非常开心，沉浸在欢乐之中。可是，大伟和艾丽思却无论如何也想不到其间已经埋下了保姆随管家私奔的伏笔。

从这件事以后，艾丽思找菲佣来做阿姨，专门找那些在国外没有亲戚的人，免得她们产生各种不切实际的欲望。同时，对阿姨也比以前严格了许多。

LV 失踪三年后的一个夏天，艾丽思到尼斯的家乐福超市购物，突然有人在她肩上拍了一下，回头一看居然是 LV。艾丽思发现她胖了很多，还是像以前一样嬉皮笑脸，好像什么事都没发生过一样。艾丽思控制住自己的情绪，强压怒火，问她说："LV，你怎么还在尼斯？当初你要走为什么不好好和我商量，你若事先和我讲了，我会设法成全你。你不应该在我刚到尼斯三个星期就走，让我措手不及。"LV 依旧嘿嘿地笑，然后说："如果当时我和您说了，您会放我走吗？"她告诉艾丽思她现在尼斯的一个船上俱乐部工作，不过是不合法的"。艾丽思说："你做黑市的人，难道不害怕吗？""我准备申请让我的儿子到私家游艇工作。"原来 LV 早有预谋，她想留在尼斯，这需要有人保护她，让她申请合法身份。她还说自己准备赚够了钱，就帮她的儿子申请来尼斯。艾丽思不想再听她说下去，就说："我还有事，先走了。"一年后，艾丽思再次来到尼斯度假，突然接到 LV 打来的电话，她说她想再回来工作。艾丽思犹豫了一下，还是试探性地去问大伟，大伟跳了起来，说："你还想引狼入室吗？难道你被她折腾得还不够吗？"艾丽思当然也不愿意 LV 回来，她赶紧对大伟说："你别急啊，怎么会呢？我当然不可能让她再回来。"就断然地拒绝了 LV。后来，艾丽思又在家乐福超市遇见过 LV，但没有再搭理她。之后，就再也没有见到过她。

艾美莉

　　菲佣 LV 出走后，给大伟一家在尼斯的生活带来很大不便。如果再带新的菲佣过来，必须对她的人品十分了解，彼此还要有一个相互磨合的过程。而自己做菜，艾丽思只会做几种，有些材料在尼斯也买不到。每天将就着吃也不是个办法。艾丽思就想找一个法国阿姨来帮忙做菜。他们请管家皮埃尔帮助找，皮埃尔上网搜索到了一位法国阿姨，她叫艾美莉。从介绍上看，艾美莉有一定的文化，她做过秘书。皮埃尔电话预约艾美莉，让她第二天下午过来。艾美莉如期而至。当这位法国女人出现在他们面前时，艾丽思微微有些吃惊。她看上去 40 多岁，眼睛很大但眼袋较深，高高的鹰钩鼻子，嘴巴很大，脸上的线条有点硬。她的脸上化着精致的妆容，手指甲上涂着猩红色的指甲油，脖子上戴着花式项链。一头黑色短发，微微卷曲，齐眉的刘海，有点像中国女孩的童花头，这在某种程度上柔化了她的脸，让她显得年轻而又有几分俏皮。她上身穿一件黑色全棉印有艺术花纹的 T 恤，下面是一条白色全棉中裤，脚下一双黑色凉鞋，露出涂着猩红色指甲的脚趾。整个人显得阳光时尚，充满活力。和一般来应聘的人不一样的是艾美莉居然还带了一盒小苹果和一本书作为礼物送给大伟和艾丽思，这实在是有点出乎他们意料之外。看来艾美莉是把他们当成朋友了，艾丽思喜欢这种感觉。艾美莉说她带来的是一本装在精致的盒子里的一大叠像明信片一样的法国菜谱，由A—Z字母排列并分类，他们想吃什么菜可以从里面选，因为书里的菜她完全可以照样做出来，而且她觉得到这里来做菜是一件很开心的事。艾美莉的热情开朗让艾丽思很喜欢，她几乎没有多考虑甚至没有征求大伟的意见就表态说："好吧，就你了！从明天起你就来为我们做饭吧！"艾美莉耸耸肩膀说："OK! 不过我上午要去公司上班，要下午才能来。您觉得可以吗？"艾丽思说："可以的。你就下午来吧！正好为我们做一顿晚餐。"

　　艾丽思挑选完菜谱，艾美莉都会把需要买的菜用随身携带的笔记本记下来，从来没有搞错过。她性格爽朗，每次来都会先喝上一杯咖啡。她喜欢一边做菜一边唱歌，还会不时做出新的法国菜让他们品尝，这样，每次用餐都成了一种体验法国美味的享受，这当然让大伟感到非常满意。而且艾美莉还特别守时，她说好什么时候来，从来不会迟到。每次来时，她都会带上工具配料，如做菜的香料等等。但大伟每次都把她带来物品的钱给她，并且还有意多给一些。艾美莉来了就配料煮菜，煮完就走，不会浪费一分钟时间。如果暂时不准备吃，她就煮八成熟，并告诉艾丽思什么时候想吃只需拿出来加加热，很是体贴周到。艾美莉还是一位非常浪漫的法国女人，每年当艾丽思从香港来到尼斯时，艾美莉一进门就会给她一个热烈的拥抱，表示自己的思念，同时还会带来一点小礼物，比如挂历、名牌香水、丝巾、咖啡等，有一次她还特地把大伟的别墅及花园拍下来做成一本挂历送来。大伟和艾丽思也没有把她单纯当作煮菜的阿姨看，而是把她当成朋友一样，每次到法国来也同样会带上香港的特色礼物送给她。

艾美莉来时最主要的任务是煮法国菜，尤其是有朋友到访时。她的菜也确实做得好，味香色美，而且每天的菜式都不一样，还拿出精致盒子里的法国菜谱，让艾丽思挑，喜欢什么，她就做什么给他们吃。她煮得最多的是芥末兔子、橘子烧鸭子、地中海的鱼、法国杂菜、羊排、煎鹅肝、和法式蔬菜汤、洋葱汤等，色香味俱全。偶尔做完了菜，她会坐下来和艾丽思聊会儿天，时间长了，就会像老朋友那样说说心里话。一次，她对艾丽思说："你信不信，我小时候是很叛逆的。"说完就把衬衫的后背褪下来一点，把背部露给艾丽思看。艾丽思一看，禁不住哇地叫出声来。只见艾美莉的颈部和背部纹了一支支蓝色的孔雀羽毛和一朵朵鲜花，这些花朵和羽毛，搭配得很艺术，就像一幅画在人体上的现代派画作，漂亮极了。艾美莉就是这样一位追求美丽的女人，虽然命运对她不是很呵护，但她照样按照自己的方式浪漫地生活着，是一位很有个性的女人。

艾美莉在这里工作了一段时间，她和大伟一家相处得非常融洽。一天下午，艾美莉来了后像往常一样高高兴兴地配菜、做菜，但她做完菜却没有像平时一样马上离开。她把菜摆上桌子后说："我有个请求。"艾丽思说："有什么事你尽管说。"艾美莉一改平时的爽快，吞吞吐吐地说："我觉得你们人特别好，所以我想把自己的先生也介绍过来。他比我年轻，会讲英文，是个工程师，但一直没有稳定的工作。大伟想了想，说："好吧，你什么时候把他带过来，我们先随便聊聊吧！"第二天，艾美莉果然把他的丈夫带来了。也许是因为头发谢顶的缘故，这位法国男人虽然年龄比艾美莉小，但看上去却显得比较老，他中等身材，微胖，脸很富态，肤色白里透红，穿着一套宝蓝色西服，并配了一条艳红色的领带，一眼望去很斯文，年轻时应是很帅的。进门后，大伟请他们坐下，那男人说了声谢谢，就脸无表情地坐在那里。大伟问什么，他简单地回答一两句，就不再多说一句话。只是拘谨沉默地干坐着。大伟不太喜欢这种性格过于内向的人，彼此也谈不到一块儿。艾美莉是个聪明人，也就不再说什么了。又过了一段时间，一天，艾美莉来时，艾丽思感觉她不像平时那么开心。她的眼睛红红的，好像刚哭过。艾丽思问道："你怎么啦？"艾美莉说："太太，我今天想和您说几句心里话。"艾丽思让她在客厅沙发上坐下，给她倒了杯咖啡，关心地让她慢慢说。艾美莉的眼圈一下子红了，她擦擦眼泪，说："太太，你们只看到我光鲜快乐的外表，其实我一直过得很不开心。我没有孩子，丈夫是个饭来张口，衣来伸手的懒汉，而且还酗酒。他没有工作，一直靠我供养着。您不知道我有多辛苦，每天的工作排得满满的。老公不但不赚钱，还经常伸手和我要钱。我实在是受不了了，所以决定和他离婚。"艾丽思忙问："那你离了吗？"艾美莉说："离是离了。但是，为了买房子，我欠了银行的贷款。现在离婚了，我想把房子卖掉还债。"艾丽思说："你卖掉房子，有住的地方吗？"艾美莉摇摇头。说："暂时没地方住。我想是不是可以搬到您这里来住一段时间。"艾丽思对她的印象原本不错，现在看她楚楚可怜的样子，也不忍拒绝，就说："好吧，我答应你。但有个条件，我可以不收你的房租，但你只能暂时住在我这里，你得尽快去找房子。"艾美莉见艾丽思答应自己可以暂时住进别墅，当即破涕为笑，高兴极了。两天后，她便用租来的车搬来了很多日常用品，实际上，她是把家里所有的东西都搬来了。她一边从车上往下卸东西，一边对艾丽思说："太太，我突然之间感到好轻松，从此以后，我再也不用养两个人了。"听了艾美莉的话，艾丽思心里掀起了涟漪，她想，在人们心目中，拥有众多奢侈品品牌的法国是一个富足的城市，那里的人们应该生活得很快乐。事实上，在表面光鲜的后面，法国很多普通百姓的生活并不容易。发达国家也同样存在着贫富悬殊，但浪漫是这个法兰西民族的天性，即便生活如此不顺心的艾美莉，还是那么有生活情趣，这和中国的保姆相比，差距实在是太大了。

艾美莉在别墅里住了将近三个月，大伟感觉为难了。因为这个别墅只是他们用来度假的，平时为了让房子借借喜气，偶然也会出租给婚庆公司作为举办婚礼和喜庆的场所，只租花园这层与花园及露台。花园里可以放12桌喜宴，露台上可以放5桌。下面还有一个150平方米的厅，可同时容纳100个人在里面吃饭跳舞。因为这房子周围没有什么邻居，宾客们尽可以狂欢到深夜。由于环境好，地方又大，很受欲举办婚宴的人们欢迎，因此，要求租赁者络绎不绝。但大伟担心宾客一多，会把花园和露台等搞得乱七八糟，所以一年最多只出租两三次。婚宴举办当天，新娘子是要在花园一层的房间里化妆的，而艾美莉住在楼下，新娘就没有地方化妆和换礼服了。大伟把这个意思委婉地和艾美莉说了，她虽然心里一百个不情愿，但因为原本就说好让她暂时住的，现在她已经在这里住了三个月，没有理由不尊重主人的意愿。不过，艾美莉尽管不再住在别墅里，但大伟回香港时，还是依旧把家里的钥匙留给艾美莉，让她经常去看看房子，房子租给婚庆公司用后，也要请她去检查一下周围环境。

　　日子平静地过去，大伟一家还是每年6月到尼斯度假。一天。艾丽思突然接到艾美莉打来的电话。电话中艾美莉说想请艾丽思到尼斯花市附近喷水池边的一家名叫金钱豹的餐厅吃自助餐。艾丽思接到电话好兴奋，想不到上海的金钱豹餐厅竟然开到尼斯来了，她非常想念这家餐馆，不过艾丽思觉得艾美莉不会平白无故地请自己吃饭，肯定有事，就去了。艾美莉看上去有点憔悴，还带着点伤感的神情。她说："太太，我感觉自己身体不好，好像做不动了。看来以后不能来为你们家煮菜了。"艾丽思很舍不得她的离开，便说："太遗憾了，你可要多注意身体啊！"艾美莉点点头。餐后，艾丽思抢先想去买单，她说："你身体不好，这顿饭还是我来请吧！"

但艾美莉坚决不肯，她甚至有些不高兴了，她很认真地对艾丽思说："你们待我那么好，这顿饭是我的一点小心意，请千万不要拒绝我，以后我们还是朋友。"艾丽思就顺了她。临别时，她们互相紧紧拥抱了一下，艾丽思的眼眶禁不住湿润了。这之后艾美莉就不再来别墅，好在家里又从香港请了位菲佣，带去尼斯帮助做菜。

　　但没过多久，艾丽思突然接到了艾美莉打来的电话。她在电话里咯咯咯地笑，这让艾丽思感觉那个活泼开朗的法国阿姨又回来了。艾美莉说自己身体已经好多了，可以继续来为他们服务，并说她已经租好了房子。艾美莉紧接着说："太太，告诉你，我家里养了许多猫，都是别人寄养在我家的，不过，其中三只猫是我自己的。"艾丽思说："看来你倒是挺有爱心啊。如果你愿，我们当然欢迎你继续来别墅工作。"别墅里又开始有了艾美莉的欢声笑语，她就是这样一个能时刻给人带来欢乐的法国女人。

皮埃尔

    在这幢房子里,皮埃尔是司机,他在休闲时兼做园丁工作,这是他个人的爱好,因为皮埃尔非常钟爱花园,他热爱花花草草,看不惯残枝败叶,因此,他乐意把时间和精力花在花园的打理上,尽管这不是他的份内事,但只要一有空,他就会为花草浇水、修剪树木花枝,这使他很少有闲下来的时间。皮埃尔不止一次感慨地说:"先生,您这个房子,大多数法国人一生一世也买不起啊!"所以皮埃尔认为大伟是贵人,他太太蕾斯也希望丈夫能在大伟别墅里长期工作下去。

    皮埃尔刚来尼斯时住在自己妹妹家。几年后,妹妹老公不幸生了重病,医生说他只能活一年了,妹妹决定把房子卖掉,陪着丈夫坐上自家的小游艇外出旅游,周游世界,让他尽情地、好好地享受人生的最后一段路程。她恳请哥哥能赶紧搬出去,以腾出房子来让她方便买卖。皮埃尔为此很是苦闷与烦恼,整天焦躁不安,开车也没有心思。最终,他还是不得不向大伟开口了,他很伤心地说了妹夫家发生的事,皮埃尔和妹妹妹夫的感情很好,他说:"先生,我现在没地方住,也没钱买房子,只有住到您这里来了。我想,您也不用另外再请管家,我就长住在您别墅里,您把花园一层的房间给我住吧!可以收我一点租金。"看着皮埃尔一脸的伤心与无奈，大伟和太太商量后觉得皮埃尔为人不错，想要住进来也是没有办法的事。暂时可以让皮埃尔度过这一难关。便和他说："皮埃尔，这样吧，你在我这里暂住半年，并赶紧去找房子，半年后房子租到就搬出去。"皮埃尔听后激动万分，他紧紧地握住大伟的双手，连声感谢。他说现在要把一些生活必须品一起搬过来，大伟同意了。

第二天，皮埃尔就回去搬自己的东西。临近傍晚时，当皮埃尔租的小货车开进别墅时，大伟禁不住目瞪口呆，一时惊讶得不知如何是好。这个皮埃尔居然把家里所有的东西都搬了过来，只见他神情自如地把从自家搬来的物品一件件搬下车，又一件件搬到车库里。看着大伟不太高兴的神情，皮埃尔尴尬地说："先生，我们要找的房子实在是太贵了。我有三个孩子，太太又不工作，单靠微薄的养老金是不够的。您给我的工资只够用来付租金，您不如把花园这层的客厅和三个房间都给我吧！"皮埃尔还要求把花园平面一层房间的所有门锁都换了，这样，花园的整个一层住处就都属于他们夫妇了。艾丽思越听越觉得不像话，她不能容忍他们如此鸠占鹊巢。平素性格温柔的艾丽思此刻斩钉截铁地说："皮埃尔，你这样做绝对不行！我们可以不要你的租金让你在这里免费住半年，工钱也照样付给你。我们不在尼斯时，你只需要每天给楼上的房间开开窗，透透气。但半年后，请你必须要搬出去住。"皮埃尔挠挠自己的头，一脸无奈地耸耸肩说："好吧！我听您的。"说是这么说，但他一直在这里住了 8 个月才不得不搬出去。临走时，皮埃尔对大伟说："先生，我现在暂时住在朋友家。因为我手上只有 10 万欧元，要买房子，必须再在您这里做上几年，但也只能买离市区很远的郊外房子。"大伟说："可你必须要有自己的房子住啊！建议你赶紧去银行贷款买房子。你可以首付 7 万，自己手里再留 3 万备用。同时，你在我这儿继续工作。再慢慢还银行的钱。"皮埃尔觉得大伟讲得非常有道理，不愧为一名出色的投资者。皮埃尔听从了大伟的建议，马上兴高采烈筹备贷款买房子计划。他太太更是兴奋不已。过了段日子，皮埃尔终于买下了属于自己的第一幢房子。自从他雪糕生意失败后，再没有这种奢望，如今大伟的这种投资理念，教会了他如何去改善自己的生活质量，使他对大伟十分尊敬与佩服，他抑制不住内心的喜悦，激动地对大伟说："先生，我现在终于有了自己的家！不过，您必须再继续请我做五年，这样我才能有钱还贷款呀！"大伟对着皮埃尔憨厚的笑脸，不加思索地说："这个没问题。只要你愿意，可以一直在我这儿做下去。条件是，只要我来尼斯，你就必须过来工作"。皮埃尔说："好的好的，您放心，我一定做到。您是我的恩人啊！"

　　皮埃尔的太太蕾斯比皮埃尔大几岁,她身材保持得不错,牛仔裤穿在身上有型有款。不过这个法国女人脸上的线条很硬,脾气也很硬。她的家庭出身比皮埃尔优越些,自己也曾在尼斯的奢侈品店工作,嫁给皮埃尔对于她来说有点下嫁的味道,由于皮埃尔年轻时追她追得很辛苦,所以至今还有些怕她。蕾斯喜欢交朋友,喜欢玩。她不喜欢玩什么名胜古迹,而是要寻找那些适合自己口味的地方。因为蕾斯最喜欢游泳,皮埃尔就经常带她去僻静人少的地方游泳,有时甚至裸泳,游完了便躺在沙滩上晒太阳。每次,大伟到尼斯来,皮埃尔自然要过来,蕾斯是一定要跟过来的。皮埃尔说"我太太不来,我就不能来"。他们来后就一起住在楼下花园的平层里。这个法国女人骨子里的骄傲让她对于自己如今的屈居人下其实是有些自卑的,对待大伟和艾丽思她不卑不亢,从不刻意奉承。在她看来,我丈夫是为你们工作的,而自己不是,所以她不会主动来帮大伟做事,但假如大伟和艾丽思开口,她是一定会帮忙的,比如请她代看法文信或者代寄一封信等,她也会很乐意地去做。但是,她的行为举止明确地写着:我不是给你们打工的,我之所以答应做这些事纯粹是帮你们忙。

　　浪漫的法国人很讲究生活情调,他们喜欢把自己的家布置得漂亮温馨,而且一般的法国家庭也不习惯用阿姨,而是喜欢自己操持家务。一般法国家庭都是男主外,女主内。皮埃尔买的房子是一个离市中心很远的乡下小镇，这个镇上一共不过千把人。皮埃尔有两个孩子，他之所以选择这个小镇是因为他要住在两个在图卢斯当园丁的儿子附近。皮埃尔买的房子有200多平方米，还带花园和游泳池。皮埃尔在自己的花园里种了很多蔬菜，有朋友去他家，他会把朋友带到花园里，以十分自豪的口气对朋友们说："你看，我的花园有多美啊！"蕾斯把家布置得很优雅，很舒适。墙上挂着油画，桌子上铺着漂亮的桌布，花瓶里插着鲜花，连洗手间里也放着花。勤劳而节俭的皮埃尔住在大伟的别墅里时，也在花园里种过番茄等蔬菜，后来，被设计花园的园艺师发现后，大发雷霆，他怒气冲冲地说"管家先生，你种的这些乱七八糟的东西太没有品位了，它们把整个花园的格调全都破坏了。现在请你把它们全部拔掉，我一分钟都不想再看见它们！"虽然皮埃尔心里一百个不愿意，况且他只是用了底层花园里的一个墙角，但这毕竟不是自己的家，他不得不忍痛把自己辛辛苦苦种下的蔬菜全部拔干净，从此以后再也没有在大伟的花园里种过蔬菜。

　　皮埃尔住在大伟的别墅里时，因为是暂时寄居的地方，所以屋子里的摆设就要简陋得多。不过太太蕾斯浪漫的天性不变，她在客厅里的塑料圆桌子上铺设着色彩鲜艳的大花桌布，上面摆放着橙色的花瓣状的餐垫和古典造型的法式烛台，墙上挂着仿制的油画作品，卧室床上铺设着漂亮的床单和被套，花瓶里也插着鲜花，打理得很舒适温馨。每次蕾斯跟着皮埃尔来到大伟的别墅后，她第一件事便是在朋友圈里高调宣布："我回来了！"好像这里真的是她自己的家一样。这也可以理解，她毕竟在尼斯城里住了几十年，现在搬到远离尼斯城市的偏远小镇上也是迫不得已。皮埃尔开车来到尼斯别墅需7个小时，每次他来时，车上总会带很多自家花园里种的蔬菜。凡是朋友请他和太太吃饭，皮埃尔就会带上一根黄瓜，两只番茄作为礼物。在尼斯的法国人不喜欢在外面吃饭，他们喜欢在家里聚，来吃饭的其他客人带来的礼物也不过是一小瓶果酱或是一瓶酒，考究一点，会带一束鲜花，即便有钱的中产阶级也是这样。所以，皮埃尔带这些蔬菜去做客一点也不会显得寒碜。何况法国人吃饭也没有中国人那么复杂，他们的正菜无非就是鱼、肉，最多加上一些海鲜或是鹅肝等。

皮埃尔工作很卖力，他每天一大早起床，吃完简单的早餐就开始在花园里忙，用除草机修理草坪，给花草树木浇水，虽然有专门的花匠会定期来打理花园，但皮埃尔特别爱护花园，他做这些完全是出于自愿。在专业花匠及皮埃尔的精心维护下，大伟花园里的花草树木长得异常茂盛，花也会如期开放。大伟每年到尼斯来时，一进门就会看见墙上爬满的三角梅开得热热闹闹，繁华绚丽，楼下花园里蓝色的爱情花和紫色的薰衣草等也都一大丛一大丛地绽放着，心情一下子就会明朗起来。每天早晨，蕾斯喜欢端了把椅子坐在门前的花园里晒太阳，她每天都把自己打扮得漂漂亮亮的，穿着时尚，手上脚上涂着红色的指甲油，艾丽思只要下楼，总会看见她用手机在和朋友们打电话聊天。

虽然法国人的用餐比较简单，但是他们很重视吃饭的仪式感，不管是午餐还是晚餐都很当回事。邮局、银行、政府机构在中午12点到下午2点是全部关门的，因为工作人员需要在这段时间里回到家里和家人共进午餐。这一点和德国人完全不一样，德国人是工作狂，吃饭可以简单就尽量简单。到德国你到处可以看到在午餐时间，马路上的食品摊前都是西装笔挺却站着吃面包夹香肠的人，他们三口两口吃完了嘴一抹就走。讲究生活品质的法国人绝不会这样，他们要吃饭就必须坐下来慢慢享用。皮埃尔也是这样，大伟有事要他开车出去，但到了中午他是必须要回来陪太太吃饭的，虽然吃的不过是简简单单的三明治和咖啡，也必须整整齐齐地摆好盘子，放好果酱，咖啡壶里有烧得滚烫的咖啡，小碟子里放着一块块方糖，就这样边吃边聊，一顿饭要吃上一两个小时。同样，到了下午6点半之前皮埃尔也必须回到家里陪太太用晚餐，否则，蕾斯一定会不高兴。有时候，蕾斯一个人出去找朋友玩，但到了用餐时间是一定会准时回家。所以，大多

　　数来探访大伟的朋友虽住在大伟的别墅里，但他们都会自己
租车出外玩，或干脆从德国、荷兰、奥地利、瑞士等地自己
开车过来，晚上偶尔会请皮埃尔加班，但法国人强调公平，
对于超出的工作时间，他们会算得很清楚，到时候，他们会
加在一起让主人为超出的时间买单。

俄国教堂

位于尼斯马塞纳广场北面的金梅德新大道是以尼斯最受欢迎的市长名字命名的，它是尼斯最宏伟的大街之一，也是尼斯城的新建筑云集之地和市中心的交通要道，非常繁华。从尼斯北面的火车站一直向南通往地中海海滨唯一的有轨电车行驶其上，其他车都要绕道，足见尼斯对旅行者公共交通的重视。它还是尼斯最主要的商业街，街道两旁都是尼斯最有名的银行、办公大楼与百货商场等新建筑，著名的老佛爷百货公司也坐落于此，还有不少电影院、咖啡厅以及教堂坐落于此。到尼斯旅游的人很少会谈到尼斯的商店，可能是因为这里商品价格的昂贵，然而金梅德新大道有很多普通商店，那里有一般人可以买得起的好东西。

位于金梅德新大道西边有一处尼斯历史古迹，那就是东正教圣尼古拉大教堂，它是在俄罗斯境外最大的俄罗斯教堂，也是俄罗斯境外同类建筑中最重要和最古老的俄罗斯教堂。19 世纪中叶，俄国贵族仿效英国上层阶级和贵族的时尚，前往尼斯和法国里维埃拉旅行。1864 年，铁路通到尼斯后，沙皇亚历山大二世乘火车前去旅行，被当地宜人的气候所吸引，从此开始了俄罗斯人和蔚蓝海岸这一持续到今天的联系。为

　　了服务于 19 世纪末已经在尼斯定居并日益壮大的俄罗斯裔群体以及来自宫廷的游客，沙皇亚历山大二世下令在尼斯火车站附近兴建主教座堂。该教堂始建于 1902 年，于 1912 年 12 月建成，成为俄罗斯东正教会在俄罗斯境外规模最大的一座主教座堂，并命名为东正教圣尼古拉大教堂，这座深具 17 世纪早期建筑风格的教堂在意大利风情浓郁的尼斯城内非常引人注目。

　　教堂坐落在一个大院子里，富丽堂皇的建筑由红砖、浅灰色大理石和色彩缤纷的陶砖铺盖而成，6 个五彩缤纷的洋葱头型圆顶在尼斯的天空中突现异国情调，并且无声地告诉人们：从 19 世纪起，蓝色海岸地区就有俄罗斯移民的存在了。

这个教堂的设计灵感源于莫斯科的教堂风格，内部装饰极为丰富，装饰以诸多圣象、壁画、雕刻的细木护壁版以及由压花和雕镂金属制成的圣象屏，教堂的祭坛就被封闭在这个豪华的圣像屏内，可以说，这座教堂是俄罗斯宗教艺术造诣的集中展现，并被誉为"俄罗斯之外最美丽壮观的俄罗斯风情建筑"。传说，这座与尼斯教堂风格迥异的俄罗斯风格大教堂是沙皇亚历山大二世为他早逝的爱子而建。当时的俄国贵族经常光顾尼斯度假，沙皇亚历山大二世的长子尼古拉斯·亚历山大洛维奇公爵就死于尼斯并葬在这里。现今，圣尼古拉大教堂周围仍旧居住了大量俄罗斯裔的移民。

这座教堂的美轮美奂让喜欢欣赏建筑的艾丽思叹为观止，之后，凡是有朋友到尼斯来，她一定会推荐他们去看看。

西米耶

　　尼斯这座城市共分为三个主要部分。第一部分是具有意大利特色的老城和港口，第二部分是 19 世纪所建造的城中区，也就是在英国人散步大道后面的区域，这两个区域大伟和艾丽思都已逛过。第三个部分则是可眺望城市北方的西米耶地区，据说那里是罗马人和维多利亚女王的最爱。因为离城区较远，来到尼斯后他们还没去过，于是找了个好天气，他们驱车去了西米耶地区游览。对于大伟而言，最吸引他的是坐落在那里的马蒂斯博物馆。

　　西米耶地区又称西米耶高地，那是罗马人在尼斯最早的定居点和军事要塞。他们雇了辆车，直奔西米耶区的最高点。那里的山丘上矗立着圣母院修道院，这是尼斯最古老的教堂，教堂内有一所博物馆，记录着 13—18 世纪方济各会会士的生活状况和文物。在教堂旁边有一座种满了玫瑰花的意大利式花园，园内一畦畦的玫瑰开得恣意纵横，犹如野火燎原。他们站在花园的围墙边，尽情眺望尼斯的海景。

　　在圣母院修道院的对面坐落着一片橄榄树林，里面有大片百年高龄的橄榄树，灰绿色的橄榄树叶遮天盖地，把周围的环境衬托得幽深宁静。橄榄树林前有一大片草坪，草坪上有人在散步，也有人在一起玩一种白色的小球。艾丽思问大伟他们在玩什么球。大伟说："他们玩的是法式滚球，这种滚球 1907 年正式诞生于法国南部小镇 La Ciotat 后，因为规则简单、运动量低而成为了法国老少皆宜、大街小巷里的全民运动。与传统竞技运动不同，法式滚球被形容为法国人生活品味象征，是一项优雅的运动。"这种游戏确实很优雅，浸透着闲适的生活气息，让人感觉很放松。艾丽思好奇地问大伟："既然是老少皆宜，为何不见女人们也玩这滚球？"大伟一本正经地反问艾丽思："如果女人们都和男人们一起去玩滚球，那谁在家做饭？"艾丽思经大伟一说，才恍然大悟，便说："原来你们这些男人也挺狡猾的。"说罢两人咯咯地笑了起来。面对草坪的便是名闻遐迩的马蒂斯博物馆。马蒂斯是大伟喜欢的画家，这位 20 世纪现代艺术领域的绘画大师，开创了影响现代艺术发展的著名流派：野兽派，其自由不羁的作品风格被视为对古典主义的背叛。马蒂斯喜欢用浓重鲜艳的颜色和粗狂的笔法，就像将"一罐颜料掼在公众面前"一样，制造出惊人的视觉效果。正是在尼斯生活的时期，马蒂斯接连完成了他人生中的重要作品，比如《雷诺阿花园里的橄榄树》《暴风雨前的卡涅风景》和《树林间的房屋》等。

马蒂斯博物馆位于一栋 17 世纪热那亚别墅之中，建筑采用幻觉主义装饰风格，墙面是以透视画法漆成的，以赭红色和鹅黄色为主调。大伟边走边津津乐道地和艾丽思说着马蒂斯的故事。大伟说："马蒂斯和尼斯的相遇十分传奇，他在1916年冬天第一次来到这里时，终年阳光普照的尼斯却连续下了一整个月的雨，阴冷潮湿的天气让马蒂斯心灰意冷，他决定离开尼斯。当晚，马蒂斯把所有的行李都准备好，打算第二天一早就走。也许是天意，第二天早晨，当他醒来后拉开窗帘，突然一大片金黄色的阳光毫无防备地洒进屋内，洒满了他周身，洒得他心神荡漾。马蒂斯顷刻之间就爱上了尼斯透明细致的光线，他感觉到自己再也舍不得离开这座城市了。于是，决定在这里住下来。第二年12月20日，48岁的马蒂斯独自搬到了尼斯近郊，老天似乎在考验他，来的那天，英国人大道上空突然下起了大雨。好在这场雨并没有持续多久，太阳很快就又重新露脸了。马蒂斯从他居住的美岸酒店眺望窗外，顿时被雨后尼斯的阳光美景深深吸引。他频繁地在酒店附近的街道上漫步，在咖啡馆外的阳光座下栖息，色彩的力量开始在他的画作中发挥作用，以亮黄色和蓝色的运用尤为明显。不久，马蒂斯在美国滨海大道105号楼租下一间公寓，几步之遥便是滨海大道的尽头，他在那里能看到旧港口的大型船坞以及在意式建筑赭石色和红色外墙间轻轻摇晃的白色船只。尼斯的阳光使他感受到幸福，他在尼斯画室内创作的即兴之作中常有着许多的花卉、棕榈树或迷人的美女，充满了欢愉之情。1938年，马蒂斯迁入尼斯海滨的制高

点希米耶区的女王饭店。他在德西雷－奈耶路 8 号一个旧车库里创立了自己的工作室，远处的里贾纳酒店 (Regina) 曾是维多利亚女王的宅邸，不久，马蒂斯就买下了这幢建筑中位于三楼的两间公寓，并为其装饰了家具、盆栽和织物，人们能在他的画作中发现许多这样的物品。1954 年 11 月 3 日，85 岁的马蒂斯在这幢公寓中去世，弥留之际他表达了想要被葬在希米耶区公墓中的愿望：可眺望远处的海景，而近处又有修道院的庇荫，这方蔚蓝海岸的城市永远护佑着他……

　　大伟边介绍边和艾丽思一起走进了马蒂斯博物馆。里面被刻意布置成马蒂斯工作时的样子，使他感觉很亲切。馆内收藏了马蒂斯不同时期的绘画作品，包括第一幅画《书的静物画》、剪贴画《四号裸女》和《海浪》，还有他的素描及雕刻、雕塑作品，概括了这位20世纪初野兽派运动领袖画家的艺术创作历程。馆内展览了马蒂斯各个时期的作品，其绘画题材主要为裸女、鲜花、窗格、布幔和庭院风景。他在1933年完成的巨画《舞蹈》在极度平面单纯化中，刻画出狂热的跃动感与宁静感，舞者的动作全靠简练的线条和豪华的色彩来表现，充满着优雅、纯朴的格调。这些作品印证了马蒂斯说的一段话："我所向往的艺术，是一种平衡、宁静、纯粹的化身，不含有使人不安或令人沮丧的成分。对于身心疲惫的人们，它好像一种抚慰，像一种镇定剂，或者像一把快乐的安乐椅，可以消除疲劳，享受宁静、安憩的乐趣。"艾丽思满意地告诉大伟说："你看看，我们的儿子也喜欢塞尚的作品，他卧室沙发上面挂着就是这幅《舞蹈》啊！"大伟会心地笑着说："这幅画面太熟悉了，就在约瑟夫房间，我也时时看到！"大伟被马蒂斯的作品深深吸引了，他仔仔细细地看着，这些画让他原本有点烦躁的心不知不觉地安定下来。

从马蒂斯博物馆出来，大伟还沉浸在马蒂斯的作品里。突然听见艾丽思兴奋地拉住他，指着右前方说："大伟，你快看快看。"大伟抬眼望去，只见一大片废墟笼罩在残阳下，

有一种深入骨髓的苍凉美。哦！那就是传说中的罗马古城的废墟了！眼前依稀可辨的圆形古罗马竞技场、古罗马大型浴池和古罗马道路等遗迹，使他们瞬间有了穿越的感觉。大伟说，据说这个地方每年都要举办尼斯的爵士音乐节，想象一下，浪漫的爵士乐在这样具有历史感的废墟中举行，寓华丽的音乐于人间沧桑中，那是怎样的令人回味啊。当大伟终于拿到了尼斯的房子后，每年的爵士音乐节，他都会和艾丽思一起到这个废弃的竞技场来聆听一场爵士乐，直到2010年，尼斯爵士音乐节不再在这里举办为止。

石城 EZE

从马蒂斯博物馆回来后，大伟尝试画画，他的画居然有了马蒂斯的味道，也许，尼斯的阳光和地中海的风情已经深深地影响了他，他的画色彩艳丽、明朗，充满了愉悦之感。艾丽思高兴地把大伟的这几幅画放在最显眼的地方，可以日日欣赏。爱好西洋艺术的大伟从小就喜欢有着艳丽色彩的油画作品，它们带给他感官上的刺激，给他一种长久的快乐与想象空间。尤其是现代从传统的写实走向抽象的现代绘画作品，更是让他欢喜。如印象派艺术家古斯塔夫的油画《裸体躺在沙发上》、莫奈的一系列《睡莲》作品都令他心生感动。当大伟欣赏这些色彩绚丽的现代艺术作品时，可以忘却暂时的忧伤与不快，那种因观赏画作而产生的快乐甚至可以感染他周围的人。来到尼斯前，大伟早就从他那些法国朋友的交谈中获悉，其实，法国人真正喜欢的不是巴黎，而是南法的小镇生活，著名画家莫奈、毕加索、梵高也都在南法获得灵感，这些小镇才是法兰西的灵魂。他决心趁着这个机会去南法的小镇逛逛。

他们首先去的是位于尼斯和摩纳哥之间隐藏于山上的中古世纪小镇 ESE。这个位于地中海海岸 700 米高斜坡上的小镇被誉为蔚蓝海岸最美丽的小镇之一，瑞典王子威廉曾因留

恋它的美景在伊兹长住过一段时间。由于伊兹是在陡峭的岩壁上建造起来的，很像鹫筑巢的方式，所以又有"鹫巢村"之称。建在高高丘顶上的小镇，周围建有城墙，以防外敌入侵，这是该地区所特有的要塞村形式，直到现在仍然保留完好。村子虽小，但道路却象迷宫一样复杂。伊兹在公元前500年就已形成城市，却到1860年才被纳入法国领土，因为它居高临下的绝佳战略位置，使它在历史上陆续成为摩尔人和土耳其人侵略的目标。中世纪的伊兹属于摩尔人所有，从1338年开始被萨瓦王室统治，并曾在1706年被路易十四攻破城池，城堡也因此被毁。战争硝烟褪去后，伊兹归于平静，因为它绝美的海岸线，成为地中海最受欢迎的度假小镇。在这个有着两千五百年历史的小山城中，承载着许多的精彩故事：守护城内宝藏的金山羊传说，尼采在此地获得灵感而留下的尼采之路，瑞典王子的豪华行宫，电影大师希区柯克拍摄《捉贼记》的景点，摩纳哥前国王与格蕾丝·凯利童话般的爱情故事据说也正是在这里开始。

　　由尼斯出发，沿途穿越的是一个接一个迂回曲折的山峰，途中一直可见的是在阳光的照射下像是蒙上了一层金光的蔚蓝海岸，不到半小时，就到达了断崖上的石城伊兹的入口。这个小镇的入口是一个石拱门，走进石拱门里面是一个小小的广场，许多游客在此休息、观景。在广场边的石墙边，可以看到远处蔚蓝的地中海。小镇里到处是犹如蛛网般的小路,那些用中世纪又老又旧的石头搭起来的条条小径,绕来绕去、上坡下坡,真的可以让你迷失其中。常常走到"山穷水尽"之时,一转眼,又见"柳暗花明",倒是为游人增添了许多乐趣。

两人沿着蜿蜒的山道走了一会,大伟说,这里有一条山道被称为"尼采之路"。艾丽思说:"那是尼采命名的吗?"大伟说:"不是的。你还记得儿子最喜欢的那本书《查拉图士特拉如是说》吗?"艾丽思说:"这本书我也翻过。那是尼采最著名的一本书啊!它的副标题是'为一切人又不为任何人所作的书'。"大伟说:"这是一部非常独特的作品,它用美丽的散文诗形式来表达独特但深沉的思想。书中运用了新颖奇特的寓言、耐人寻味的警句、瑰丽美妙的语言、生动高超的比喻,变化多端的文体给人耳目一新的感觉,它是哲学和诗的结合,尼采作为诗人哲学家的品性充分展示在这部著作中。"艾丽思说:"怪不得我们的儿子会这么喜欢。""尼采是在1883年来到伊兹的,虽然只待了几天,却深深迷上了这里美丽的景色。他在1884年和1886年又来到伊兹好几次,并在此地完成了他的传世名作《查拉图士特拉如是说》一书的第三部。"望着来来往往的人们,大伟慢悠悠地说:"那时尼采待在伊兹的时候,很喜欢在小镇上步行。因此后来的人便把伊兹旧城攀顶的一条小路称之为'尼采之路',从这里可以眺望到尼采钟爱的宽阔海景。"艾丽思迫不及待地说：
"那我们也快去走走这条'尼采之路'吧！"大伟说得不错。
其实，查拉图斯特拉是一个新思想的宣告者和超人的预言者，
他是尼采的化身，尼采通过他塑造的这个人物来宣告他的新
思想。尼采之所以要用查拉图斯特拉的名字是因为这位卓尔
不群的波斯传教士是第一个把道德转化为形而上学的人，作
为反道德论者的尼采认为"查拉图斯特拉创造了这个致命的
错误：道德。因此他也必然是认识这一错误的第一个人"。
此外，尼采还十分欣赏查拉图斯特拉身上所具有的真实、勇敢、
率直和智慧的美德。尼采通过查拉图斯特拉之口，再次宣告"上
帝死了！"上帝既然死了，"一个前所未有的更高尚的历史"
就要到来，这就是超人的出现。

　　在"尼采之路"的旁边坐落着金山羊城堡酒店。它位于
伊兹小镇的山脚下，面朝湛蓝的地中海，周围是褐色的山脉
和苍翠的橄榄树。酒店得名于圣兽"金色山羊"，传说几个世
纪以来，金山羊都以扰乱方向的神力，让想入城的盗贼无功
而返，因此伊兹的人民才得以安居乐业。爬山的路上就能经
过金山羊酒店的入口，酒店里的餐厅是米其林三星级的。这
个餐厅需要两星期左右的预约，大伟和艾丽思每次回尼斯都
会来此享用这里精美的食物。餐厅内清一色男服务员，个个
高高瘦瘦的，很英俊，全白色的礼服外配一件黑背心，不管

用餐的客人起身或是坐下，他们都会十分细心地为你拉好座位，并铺上餐巾布，照顾得非常周到。那一道道端上来的与其说是食物倒不如说是一件件精致的艺术品，艾丽思会欣赏好久才舍得品尝，当然食物也是美味无比。无论坐在餐厅的哪个位置都能一览无余窗外的美景，眼前翠绿色的海水显得那样温柔，令人如痴如醉。金山羊酒店门禁森严，如果不是酒店的住客是不能随便进入的，但进里面吃饭是个例外，来此大多数是度蜜月的情侣，入住酒店需要至少提前 6 个月预订，也就是说不是有钱就可以入住的。由于酒店背山而建，所有设施也散布在山中高高低低不同的位置间，一间间石块砌成的小房舍，顺着狭窄的巷道蜿蜒向上。酒店只有 29 间客房，每间房的设计各有特色，有高贵豪华的贵族风格，也有现代感强烈的摩登风格，最抢手的一间是房内拥有眺望地中海景色的私人按摩池，入住者一边按摩，一边还可以细赏地中海的日落，单是想想就够浪漫了。好在爬山途中，向下可以看到金山羊饭店的造景，有假动物、喷泉水池以及花园小径、石砌房舍等，也算是让游人饱饱眼福了。

两人继续行走在伊兹弯弯曲曲的旧城街道，映入眼帘的是一栋栋石头砌成的鹅黄色建筑和精心设计的小店招牌，感觉到这个中古世纪小镇的典雅而迷人的风情。由于伊兹整座城镇都是依山而建，地势非常陡峭，一直到 1952 年，城镇的给水都必须用驴子由山下往上拖运，旧城区的广场 Place du Planet 是镇上难得一见的平地，在这里可以看到喷泉。大伟和艾丽思在这个有喷泉的广场上站定，在那里的一排座位上坐了下来。大伟指着广场上的一座名为 House Riquier 的房屋说：“这是一幢有名的建筑，这个 Riquier 家族来自尼斯，是伊兹 13—14 世纪有名的望族，这栋房屋在 1930 年由音乐家 Bar low 家族购得，目前部分属于艾查城堡酒店，部分则为私人所有。”艾丽思说：“这房子看上去确实很特别。听说，艾查城堡饭店原来是瑞典王子威廉的住处。就是在这样一个幽静的石头城里，王子和他的情人一起度过了 6 年的逍遥时光。1976 年这座行宫才改为饭店的。”大伟说：“是啊！来伊兹的人都知道这位瑞典王子喜欢这个小镇。”一路行去，但见古镇的道路都是用鹅卵石铺成太阳图案的狭窄小径，两旁种满了碧绿青葱的树木和五彩芳香的鲜花，路旁的建筑都是由坚固的石头建成的，古朴冰冷的石头建筑、建筑上的铁质招牌、雕花的马灯等在建筑上攀满的蔓藤植物和门前石头花盆中盛开着的姹紫嫣红花朵映衬下，显得浪漫而有风情。在一个个洞穴般的房间里，粗粝的石头裸露在外，原木色的屋顶、木头门窗、一百年前的家具、银质餐具、考究的灯饰，各种各样现代艺术画家的作品，狂野与华美就这样不动声色地融合在一起。每一扇门里都隐藏着一屋子的魅力，吸引人进去欣赏。

　　从一侧的小路走，可抵达小镇的教堂广场。站在教堂广场仰望埃兹山顶，可见山顶上的古城堡残存着的几段残垣断壁，似乎在无言诉说着山城的过往。小镇的最高处原是一座城堡，在 1706 年西班牙战争期间被路易十四的军队捣毁。1949 年由园艺家 Jean Gustaud 设计成种植仙人掌、芦荟、大戟和龙舌兰等稀有植物的花园，如今植物园顶端的天台还遗留着部分被毁前的残骸。大伟和艾丽思到山顶，见植物园门口有售票处，写着每张 5 欧，就买了进去。法国的景区大多免费，要买票的不多。进去后，艾丽思发出一声轻轻的赞叹：真漂亮啊！只见里面的石头路被无数形状奇怪的热带植物包围着，数百种来自美洲和非洲的龙舌兰、芦荟、仙人掌等在地中海炽烈的阳光照射下显得格外具有生命力，这些风情万种的热带植物中还点缀着许多法国雕塑家让·理查德·飞利浦的雕塑，那些抽象造型的女性雕塑，面朝大海，闲适的神态让人羡慕。站在废城遗址上，广袤的地中海一览无余，俯瞰整个海湾，还可以眺望在 Cap Ferrat 海岬上的科西嘉岛，那是一种令人窒息的震撼。眼前是千年以前就守候在此的蔚蓝，平静而深沉，好像早把一切悟透，看破。沉默的海浪和只属于地中海的耀眼阳光，也不离不弃地始终温柔地守卫着这峭壁之上、鹰鹫之巢的故乡。这一切，令大伟和艾丽思无限迷恋。

花园遭劫

　　大伟在尼斯住得最长的时间是3个月，一般是6月到9月，3个月后就必须回到香港，那里还有很多事情等着他去处理。香港的9月，是俗称的秋老虎，黏糊糊的火烧热，沉浸在尼斯清新空气中的大伟实在不想回去。

　　那年9月，大伟刚从尼斯回到香港不久。一天早餐时，艾丽思见他脸色铁灰，神情异常，担心地问道："大伟，你怎么了？发生什么事了吗？"大伟叹了口气，说："尼斯家里出了件大事情。我实在不想讲。"艾丽思更加着急了，就催着他："快告诉我，到底出了什么事。"大伟说："你到书房来，我给你看一张传真照片。"两人走进书房，艾丽思看到大伟给她的传真照片，吓得差点没叫出声来。照片上是尼斯家里的花园。照片上的花园一片狼藉，花园中间被挖了一个个小坑，像癞痢头一样。艾丽思担忧地说："这到底是谁干的，你快去问问呀！"大伟赶紧拨通了尼斯花匠的电话。花匠说："先生，我刚刚接到皮埃尔的电话，现在已赶到花园。根据我的预测，一定有野生动物闯进了您的花园，吃了花园里的草。至于什么动物入侵，现在还不知道，但花园里发现一个深坑，感觉是有大动物来过。"大伟在电话里和花匠商量说："现在只有一个办法，那就是在房子周围用铁丝网围起来，找人拿猎枪守护，晚上再在花园里巡逻观察，看看到底是什么动物钻进来破坏的。"花匠说："先生，您听我分析。今年夏天，尼斯整整三个月没有下过一滴雨，您家花园上面是一大片森林，因为那里是自然保护区，不允许盖房子。森林里有许多野猪，野外草地干旱，很有可能是因为野猪得不到水了，才下来溜进您家花园里来吸水，吃草的。"大伟坚决地说："那就照我说的安排守夜吧，务必找出破坏花园的元凶"。

花匠按照大伟的嘱咐安排了守夜人。几天后，守夜人发现草坪旁边正在开裂，猜测可能是野猪下山，撞了花园的草坪。于是，花匠提出必须请两个人在晚上持枪守候。大伟一口答应。可是，那两人守了整整一个星期，没有发现半点动静，但每天的费用是一定要照付的。考虑到已经花了那么多的钱，只能继续等，否则撤了就没有结果了。大伟决定等满一个月，假如在这一个月里，野猪还不出现，那就只有撤了。三个星期后的一个早晨，大伟急步走进餐厅，喊着对艾丽思说："好消息！好消息！他们逮住了一只野猪，正准备把它拉去烧烤呢！"艾丽思赶紧问："他们是怎么抓到的？"大伟坐下喝了口茶，娓娓道来："事情是这样的，那晚，守候在花园里的人因天气炎热晚上在屋子里开了一半纱窗，半夜里突然看见一对绿色的亮亮的眼睛，还有奇怪的声音，就连忙走到花

园里，发现一头野猪正在花园里奔跑，立刻就用猎枪把它一枪打死了。"艾丽思说："看来园丁的猜测一点没错，是尼斯的干旱逼得野猪下山寻水喝，才把草坪弄成这样的。"大伟想了一下说："我要在花园周围用一道围墙围起来。"他随即拨通了尼斯花匠的电话，在电话里和他商量如何做到既保护了花园又不破坏景观的方法。不久，花匠来电说，他找到了一种绿色铁丝网，他计划在铁丝网旁边种一些树，用以遮住铁丝网。花园里铺了不到两年的新草皮被野猪糟蹋得不像样，草皮是很贵的，但为了花园的美观是必须要重新铺设的。大伟让花匠专门到植物公园的花圃去买，然后由货车送来，再一块一块地铺上，浇透水，不久草坪又变成了令人赏心悦目的绿色地毯。

女教师

　　为了更好地适应尼斯的生活环境，大伟经人介绍在当地请了位法文老师，她叫索菲娅，是位法国女人。索菲娅长着一双蓝眼睛，一头略带卷曲的齐耳金发，脸部轮廓很美，50出头的人，身材仍保持得很好，从背影看还像个少女。那天她到大伟的别墅里来时，穿着橘红色的低领开衫毛衣，下面配一条暗格子咖啡短裙，开一辆白色小轿车。见了来开门的艾丽思就微笑着和她打招呼，艾丽思感觉到她浑身洋溢着活力。索菲娅的老公亨利比她大10来岁，是越南籍的法国人。他是位牙医，个子没有索菲娅高，皮肤黑黑的，衬得满口牙齿更加雪白。亨利是位非常健谈的人，他喜欢笑，笑声极具感染力。索菲娅看到大伟的房子感觉很惊讶，觉得这房子太美了。她告诉艾丽思，自己也有一座房子，买了已经有20几年了。不过，她从来不告诉她的同事和朋友，怕别人知道了会嫉妒她。他家的房子在尼斯的西米耶区，那是一幢200多平米的房子，可以看到一点海，还带着一个很大的花园。讲究生活情调的法国人最大的的特点是喜欢户外生活，能够在外面活动就尽量到外面去，尽可能地享受阳光、空气和大自然。法国的花园洋房，花园要占房价的三分之一。主人会把花园打理得很精致漂亮，并在花园里放置一些桌子、椅子等，天气晴朗的日子，他们喜欢在花园里用餐或烧烤。

和大多数法国家庭一样，索菲娅家不请花匠也不用阿姨，占地两亩的花园全部由男主人亨利亲自打理。好在这位牙医的唯一爱好就是收拾自己家的花园，花园要花费很多时间和精力，因此，亨利的周末时间几乎全部都交给了自家的花园，职业的习惯使他处理任何事情都很仔细、认真。平时，亨利除了工作，很少出去，每天，他收拾完花园，便坐在花园里喝威士忌，看花弄草，享受自己的工作成果。索菲娅经常埋怨丈夫眼里只有花园，没有时间陪她出去玩。他们的两个孩子都是做医生的，各自有了自己的家。索菲娅生性浪漫好动、爱玩，尤其喜欢帆船、游艇、爬山等野外活动。她经常背个双肩包，骑一辆自行车，约了朋友，到处游逛，有时还会一个人出海去玩。平时，她替牙医丈夫管账，每天在诊所里帮他收钱。亨利很好客，大伟和艾丽思曾受邀到他家吃过几次饭，像所有讲究生活情调的法国人一样，他们的家布置得很漂亮，地上铺着地毯，墙上挂着画，贴满了世界各地收集来的冰箱贴，摆着泰国、印度、马来西亚等地搜集来的艺术品，一个很大的盒子里面收藏的全是威士忌酒瓶盖子，放得很整齐。还有在世界各地旅游带回来的纪念品，尤其是一只很大的海龟标本，十分醒目。铺着漂亮桌布的餐桌上摆放着漂亮的成套餐具，摆着写有客人名字的席卡。索菲娅烧得一手好菜，待客时端出来一桌丰盛的菜看不亚于酒店的宴席。亨利的爱好是喝酒和讲话。也许是因为牙医在工作时无法和人说话，而人是需要倾诉的，所以他看见朋友就会话唠，话匣子一打开就再也收不住。那天，从踏进他家的门开始，亨利就一直在不停地讲话，可想而知，他平时有多寂寞。

　　一天，索菲娅来上课时，神情沮丧，艾丽思问她出了什么事，索菲娅眼泪汪汪地说："艾丽思，我发现亨利竟然和一个又老又黑的越南女人在一起。"并拿出手机里那个女人的照片给艾丽思看。艾丽思问她怎么会有她的照片？索菲娅说，我跟踪偷拍的。索菲娅抽抽搭搭地边哭边说："艾丽思，你说我哪一点比不上那个女人？她简直就是一个巫婆。"艾丽思劝慰道："你不要怀疑，平时你喜欢旅游，一走就是两个星期至一个月，你先生会很寂寞的。"索菲娅十分委屈地说："艾丽思，你不知道，他最近每天晚上都要和那个老女人通很长时间的电话，讲的是我听不懂的越南话，两个人聊得很开心，还大声地笑。我当然希望他们只是普通朋友。但是我从他手机里的照片发现他最近和那个女人一起去了越南，他还把那个女人带到家里，介绍给他父母认识。我实在是忍无可忍了。"听了索菲娅的话，艾丽思一时真不知道该如何去安慰她才好。后来，索菲娅又跟踪他的丈夫，一次，在她拿出手机拍两人在一起的照片时，不小心用了闪光灯，闪光灯一闪，啪的一下就被亨利发觉了。两人当场吵了起来。亨利一再说他们不过是普通朋友关系，你用不着胡乱猜疑。索菲娅却不依不饶，而且把话说得很难听。亨利说："你既然这样说，我也不想再解释。"

　　索菲娅坚决要和亨利离婚。离婚要分割财产，只能把房子卖了，因为急于分割，所以房子卖得较便宜，一般情况下，房子想要卖个好价钱至少需时一年半载，但他们的房子一挂牌，很快就被买了。偏偏买房子的人正好中了六合彩，所以，很爽快地将房款一次性付清。夫妻两人没了共同的房子，也就没有了再度复合的机会。现在，他们两个人各自租房子住。亨利心里很后悔，他失去了自己的安乐窝，也没有了他寄托心灵的花园。离婚不久，亨利就退休了。他把诊所传给了自己原本就是医生的儿子，平时，只要没有事他就经常去诊所里坐坐。可是孩子认为是父亲背叛了母亲，心里向着母亲，也不大愿意和父亲多说话。亨利有时会来找大伟诉苦，他说："你们不知道，这个房子留下了我太多美好的回忆。我和索菲娅的婚礼就是在这房子的花园里举行的，现在只要一想到我们曾经度过那么多美好时光的房子我就会情不自禁地伤心落泪。"大伟和艾丽思默默看着坐在他们面前的亨利，感觉到他受此打击后人明显地苍老了许多，说话也没有以前利索。

同样的，索菲娅有时也会来看艾丽思，她说自己现在什么也没有了，只能到处流浪，浪迹天涯。艾丽思心里很是替他们难受，那天晚餐后，她和大伟并肩站在露台上，望着远处的蔚蓝海岸和绵延的阿尔卑斯山脉，她对大伟说："你看，原先那么好的一个家怎么说散就散了呢？看来，人还是要珍惜自己拥有的幸福。"大伟点点头说："中国不是有句古话叫'平平淡淡才是真'吗？"一会儿，大伟又加了一句："可能他们的婚姻破裂同异国婚姻有很大关系。"艾丽思温柔地答道："我觉得真爱是不分国界的。"这时，天边的晚霞越来越红，夕阳为远处的山脉镶上了一道金边，他们就这么相依相偎着，沉浸在自己的幸福里……

邻　居

　　在尼斯度假的日子平静而闲适，时间像水一样静静地流淌。大伟在他的房子里散步、看花、看海、看书，写书，他已经出版了两本英语小说，现在在写他的第三本小说。这里的环境很适合写作，他有时候会一个人来尼斯，连保姆也不带，独自享受这里的宁静，这时，他的思想会特别活跃，灵感也会频频勃发。

　　大伟的别墅旁边有位邻居，60多岁。大伟搬来时，他以拜访新邻居为名来过，他介绍自己名叫圣诞。大伟也礼数周到地接待了他。但从内心讲大伟是不喜欢随便和陌生人交往的，尤其是邻居。他喜欢清静，喜欢恪守自己的独立空间，不希望被人打扰。为了隔断邻居的视线，他让花匠在两家围墙间的花园里种下了一株高大的桉树，这样邻居就看不到他的家，这样彼此可以互不干扰。

　　可是，树欲静而风不止。

　　这位圣诞先生倚着大伟家花园的围墙搭建了一个亭子间，用于安放花园工具及游泳池的物品。大伟虽然心里有些不悦，但没有表现出来，毕竟自己不是长住在尼斯，他要搭就让他搭吧。几年后，这位芳邻搭建的亭子间向一边倾斜，他说是因为大伟家围墙的墙壁开始倾斜，导致他的小亭子间歪了。
那其实是由于山城每年都会倾斜几分，是自然因素造成。但
圣诞先生却因此把大伟告上了法庭。大伟觉得此人简直不可
理喻，他根本不想搭理他。大伟把此事全权交给了律师维克
托去处理，自己便回了香港。

可是，维克托既没有去现场拍照，也没有在法庭上好好
辩解，官司自然输了。法庭判决后，维克托打电话给大伟。
大伟听了十分恼火，他一反平时的温文尔雅，在电话里大声说：
"这件事明摆着是邻居乱搭建造成的，按理他们必须远离围
墙一至二尺才可搭建，我们没有丝毫责任，你一个堂堂大律
师，怎么连这样简单的案子都会打输呢？"大伟心里明白，
他雇用的这位律师，自从替自己把房子官司打赢后，他在当
地就出了名。对于这次官司，他明显地掉以轻心，大伟无法
容忍他这种不负责任的态度。于是，一怒之下，就决心辞退他。
大伟在电话里对他说："维克托先生，你这样的表现，令我
非常失望。我觉得已经没有必要再继续聘请你当我的律师，
从现在起，我决定解除与你的合同。等我到尼斯后就和你办
正式解约手续。"对方没有回答，也许他觉得凭自己现在的
名气，是不难找到新的雇主。

按照法庭判决，大伟必须在30天内把倾斜的墙重新砌
好。如果到期没有执行，每天要罚款1000欧元。这判决急得

大伟火烧火燎，当时已接近年底，大伟决定马上赶往尼斯，艾丽思不放心大伟一个人在冬天前往尼斯，决定陪他一起去。两人火速赶到尼斯，管家见了大伟说，如果请当地人修墙，要收8万欧元。正巧佛朗西斯科来看望大伟，这位热情的意大利朋友很有意思，他来的时候从来不肯留下吃饭，也不需要大伟招待他，连一杯咖啡也不喝，只喝矿泉水，他说这是为了保持身材。大伟也就随他了。不过，这种交往方式倒是省却了许多麻烦，所以佛朗西斯科想来就来，彼此都很轻松。不过，大伟还是盛情邀请他和妻子拉维恩一起来别墅吃了一顿饭，拉维恩也是意大利人，瘦瘦的，穿着小白裙，头发是棕色的，优雅而美丽。得知大伟打输了官司，要重砌花园里的墙，佛朗西斯科即刻自告奋勇地说，他有办法在意大利靠近法国的地方为大伟物色到有专门技术的建筑公司，砌墙工匠，还特地开车一个半小时将这些人带过来，为大伟的花园重新砌了一个新的墙，只收取了5万欧元。整个工程耗时一个月，为了让大伟他们能安心回港过圣诞节，热心的佛朗西斯科每星期特意再来两次监工，真是患难见真情啊！

邻居圣诞是个样样都想占便宜的无赖，他买了保险，家里游泳池有了裂缝需要维修，所需的赔偿金额保险公司全数给予赔偿。据说，他在打官司方面从来没输过。圣诞节俭到了吝啬的程度，他家里有车，却从来不开，每天早上走着去上班，晚上再走回家，一天来回要走三个小时，让人想起巴尔扎克笔下的葛朗台老头，大伟自然不屑于与这样的人计较。新墙修好后没几年，大伟听人说他的大儿子得了癌症，他自己也已去世，家里只留下他太太一个人。没多久，他家的别墅也卖了。

好在那棵桉树越长越茂盛，完全隔断了大伟家和隔壁的视线。

游览上海

　　大伟在尼斯相处最久的是皮埃尔。他虽然是司机，但在大伟和艾丽思心中，其实已经把他当成自己的朋友了。皮埃尔为人忠厚、老实，他工作勤奋、忠于职守。皮埃尔初到大伟家时，他知道艾丽思特别喜欢吃法国冰淇淋雪糕，而他之前就是做雪糕生意的，差不多每天下午时间他都会在面向后花园的厨房窗口递上他自己亲手做的雪糕，有香草、杏子、草莓、樱桃、柠檬、薰衣草、巧克力等各种不同口味，每一款都十分美味，逗得艾丽思心花怒放，啧啧称赞。凡是花园里有的果子艾丽思几乎都尝了个遍，因为艾丽思知道法国的雪糕大多数是用水果做的，而且不甜，所以吃得再多也不会胖。有一次，艾丽思问皮埃尔，为什么不再做雪糕生意。他耸耸肩膀，噘着嘴说："第一，我没有多余的钱投资，第二，这种小生意做不大，也无法和大公司竞争。再说自己这种年龄去打拼会很辛苦。我很想能有机会去中国看看，你们中国的雪糕品种应该没有法国的品种多，味道大概也没有我们的好吧。"艾丽思告诉皮埃尔，如今的中国已经大变样了，国外的大牌食物在中国的超市随处可见，并且还有各自的专卖店，如哈根达斯等等。皮埃尔略感惊异地张大了嘴巴，呆愣愣侧着脸说："哦！这也没什么奇怪的。"事实上艾丽思的回答已经使他大失所望。其实，皮埃尔本想重出江湖，实现自己儿时的梦想，他希望有一天能拥有自己的雪糕生意，并有自己大型的可以到处开的雪糕车。皮埃尔住的楼下一层走廊里挂着一套中国风景画，皮埃尔走来走去都会看一眼。他经常好奇地问艾丽思："太太，你们中国人是不是现在仍有人像画里一样，头上戴着斗笠，坐在小船里出去钓鱼？"艾丽思禁不住笑了，她说："皮埃尔，那上面画的是很久很久以前的事，现在中国人和其他国家的人一样是坐汽车出去的。"皮埃尔瞪大了充满强烈好奇心的眼睛，他直勾勾地望着艾丽思说："那一定是个神奇的地方，我做梦都想去中国看看。"艾丽思说："皮埃尔，有机会我一定请你到上海去，让你梦想成真"。皮埃尔做出一个惊讶的动作，然后双手抱拳，表示感谢。他知道自己的女主人说话从来是算数的。

　　艾丽思确实没有食言。那年秋天，皮埃尔接到了艾丽思从香港打来的电话，艾丽思在电话里说："皮埃尔，我想邀请你来中国上海。皮埃尔简直不敢相信自己的耳朵，他抑制不住自己内心的欣喜，双手抱拳，开心得像个孩子似的，差点没跳起来，他一边连声表示感谢，一边说："这是真的吗？我没听错吧！"艾丽思说："当然是真的。我什么时候骗过你呀！"皮埃尔连声说："啊！我太高兴，太兴奋了！真的不知道该说什么了！"艾丽思说："皮埃尔，我在上海有自己的房子，你们来了后就可以住在我家。""太棒了！"皮埃尔开心得手舞足蹈，对一旁竖起耳朵听着的蕾斯说："亲爱的，太太要请我们去上海玩了。你快准备准备吧！"这个傲慢的法国女人诧异地张大了嘴巴，一脸的惊讶，她说："噢，我的上帝，我简直不敢相信自己的耳朵了。"

艾丽思在香港帮他们订好了机票，一周后夫妻俩从尼斯飞往上海，中间转了一次飞机。当飞机缓缓降落上海浦东机场后，旅客进入机场航站楼，皮埃尔夫妻简直傻眼了。他们还从来没有看见到过体量这么庞大，造型这么漂亮摩登的机场航站楼，尤其是头顶那开有一个个方形天窗的深蓝色金属穿孔板吊顶，一枚枚白色腹杆自天窗中穿出，在阳光的照射下充满着动感与活力，宛若仙境。两人不由得连连赞叹。不过，他们稍稍有点不安，因为机场的人太多，他们在法国从来没有看见过那么多的人。蕾斯紧紧地抓住皮埃尔的手，皮埃尔能够感觉到她手心里有汗珠渗出。在出站处，看到了来迎接他们的艾丽思，皮埃尔一颗心方始安定

下来。艾丽思把他们接上自己开来的车，当小车驰上高架时，皮埃尔夫妇又是一阵赞叹，这哪里是他们想象的中国，太摩登了，一点不比巴黎逊色。车窗外林立的高楼、闪烁的霓虹、漂亮的花草绿树使他们看得眼花缭乱，目瞪口呆。车

子开进西郊附近的别墅。那是艾丽思在上海住的地方。皮埃尔夫妇说，真没想到原来自己的主人在上海住着那么好的房子。艾丽思领他们参观了住宅，然后把他们带到一间宽大的带独立卫生间的卧室，说："皮埃尔，你们就住在这间卧室，所有的日常用品和洗漱用具我都给你们配备好了"。"哇！太漂亮了！谢谢您！"皮埃尔望着大玻璃窗外的一大片绿荫，赞叹道。

皮埃尔和蕾斯住下后，整天小心翼翼地，生怕碰坏了什么东西。艾丽思说："皮埃尔，你不必如此拘谨，这里就像你的家一样，你尽可以随便一点。"皮埃尔说："我知道，我知道。"皮埃尔夫妇在上海住了一个星期，艾丽思天天开车带他们到上海的特色地方去玩。外滩、城隍庙、南京路、淮海路，玩到哪里吃到哪里。有一次，艾丽思请他们到王朝大酒店吃饭，皮埃尔看到那么豪华的餐厅，还有餐厅里硕大的鱼缸，里面有各种彩色的鱼游来游去，餐桌上摆放着烫金的餐具，他紧张得都不敢坐下来。看到皮埃尔这样，艾丽思心里充满了身为中国人的骄傲。她心想，你们一直认为自己是法国人，有一种与生俱来的优越感，今天，我让你们看看中国的上海，不比你们法国差吧！心里顿时有了一种民族自豪感。艾丽思还带他们到淮海路上的红房子西餐馆吃饭，点了个焗蜗牛。端上来后，皮埃尔尝了一口，就惊叫起来："天哪！

这蜗牛做得和法国的一模一样！味道美极了！"皮埃尔夫妇
把一大盆蜗牛吃得精光，吃完了，皮埃尔还高兴地吮起手指来。

皮埃尔夫妇来到上海的第三天，艾丽思请他们到豫园商
城去玩。豫园商城以前被称为城隍庙，白相城隍庙是世界各
地人民来上海必不可少的项目。这里最具特征的是江南的明
清建筑。在豫园商城随处可见铺设着石板路的明清街道，一
派清秀典雅的江南风格和情调。这个颇具明清风格的市井街
市与老城隍庙、豫园毗连，历经700年的沧桑巨变后，这里
仍汇集江南人文景观、明清建筑和特色商市于一体，成为独
一无二也是迄今最大的一个集园林、寺庙、商场为一域，融
购物、旅游、餐饮、娱乐为一体的具有上海地方特色的商业
中心和旅游胜地。豫园商城又被誉为小吃王国，商城里数百
种小吃千姿百态，争奇斗艳，在令人垂涎欲滴的小吃里，名
气最响的、人气最旺的、食客点击率最高的当数南翔小笼馒
头了。在游览了豫园商城后，艾丽思就带他们走进了位于九
曲桥畔的南翔馒头店。南翔馒头店创建于1900年，是一家
名符其实的百年老店，也是豫园商城最拥挤的点心店。一年
365天，店门前总有一列长队等候着南翔小笼的出笼，长长
的队伍犹如九曲桥一样蜿蜒，堪称城隍庙一道独特的风景线。
民间还流传着"没吃过城隍庙的南翔小笼，就等于没到过上
海"一说。而游城隍庙，尝南翔小笼也早已成为上海市民小

憩、中外游客观光旅游的一个特色项目。一个多世纪过去了，传统的南翔小笼随着时代的变迁由单一的品种向多元化、系列化发展，如今不仅有小笼系列、精美点心，还另增特色卤菜和各式炖盅。唯有门前长长的队伍依旧，而且还一直延伸到了楼上。紧靠荷花池的船舫厅上下两层，形似停靠在池边的游船，与荷花池中的湖心亭隔水相望，且环境幽雅，食客临窗而坐，边品尝精致的小笼，边观赏四周景色，美景美食，相得益彰，别有一番闲适雅趣。

皮埃尔夫妇跟随艾丽思走进店堂，经过底楼厨房敞亮的玻璃窗，看到师傅们正在包馒头，顿时为他们魔术般的动作所吸引，简直看傻了眼，两人呆呆地站在那里看了好一会。走到楼上，艾丽思找了个雅座请他们坐下，当一笼笼小笼馒头端上来时，小小的馒头上一道道褶子捏得像裙子的边，让蕾斯看得眼睛发亮。他们学着艾丽思的样子轻轻咬上一口，皮埃尔咬得猛了一点，滚烫的汤汁喷射到他脸上，先是吓了一跳，接着两人不好意思地笑起来，蕾斯用餐巾纸轻轻擦去溅在皮埃尔脸上的汤汁，说："皮埃尔，吃慢点。小心烫着。"皮埃尔调皮地耸耸肩，一脸的满足。艾丽思还点了糯米烧卖、椰丝腰果酥、野生菌菇盅，还有一款蟹黄白玉卷。蟹黄白玉卷是用面皮包起来的，形状是扁扁的三角包，里面裹的是蟹黄豆腐，油炸后色泽金黄，外脆里酥。两人直呼好吃。皮埃尔是个很随和的人，他很善良，他说他喜欢吃中国餐，哪怕只是一碗榨菜肉丝面，他也照样吃得津津有味。一次，艾丽思请他们到淮海中路玩，中午就顺便到茂名路口国泰电影院旁的苏浙汇餐馆吃饭，这是一家很有艺术气息的饭店，艾丽思很喜欢这家目前已是米其林星级的餐厅，餐厅内的许多摆件都来自于法国的圣保罗，餐厅主人几乎每年都会去法国采集一些大件艺术品珍藏，而他挑选的又恰好是艾丽思所钟爱的，每个摆件都价格不菲。有一次艾丽思在与餐厅主人交谈时得知艾丽思很欣赏他的这些摆件时，欣喜万分地说：“很少有人知道这些艺术品的来历，大多数人都只会说很漂亮很有味道。”这话匣子一打开，简直无法停止，彼此都有找到知音的感觉。苏浙汇餐厅主打的是上海本帮菜，艾丽思点了一桌子菜，端上来的每个菜皮埃尔夫妇都说好吃。在他们用餐期间，突然进来一个男人，看样子像是喝醉了。他跟跟跄跄地走到距离他们吃饭不远的地方，突然，啪地一下倒在地上。对面一张桌子上正在吃饭的几个女人窃窃私语道：“这个男人怎么喝成这样，太吓人了！”说归说，却没有一个人上去扶他一把。艾丽思的座位背对着那个进来的男人，而正低头吃饭的皮埃尔恰好正面看见，他一下子从座位上跳了起来，他一边叫蕾斯赶紧准备湿毛巾和杯子，一边箭一般地扑到那个男人面前，俯下身子，把这个男人轻轻扶起来，然后用蕾斯送上的湿毛巾为他擦脸和吐得一塌糊涂的衣服，然后把杯子里的水喂给他喝，在皮埃尔的照顾下，那男人开始慢慢缓过气来。这时，从外面急匆匆闯进来一个女人和两个男人。女人见了躺在地上的醉酒男人就说："你今天怎么回事？怎么喝成这样？真坍台！"就和两个男人一起架起那个喝醉酒的男人走了。对于一边照顾醉酒男人的皮埃尔连声谢谢都没有说。皮埃尔一直在摇头，口中不住喃喃自语："怎么会这样，怎么会这样！"蕾斯对皮埃尔说："继续吃饭吧！菜都凉了！"这时，对面桌上的一个女人说："看见伐？到底是人家老外热心，中国人才懒得管呢！"这件事让艾丽思对皮埃尔刮目相看，他的善良和仗义让艾丽思从心里尊敬，感到自己在法国的家能请到这样内心高贵的人是一种荣幸。但同时她又感到脸上火辣辣的，她想为什么我们自己的同胞中却没人主动上前伸出援手？羞愧的感觉让她的心禁不住隐隐作痛，以致半饷都说不出话来。

　　一个星期很快过去了。在他们回尼斯的前一天，艾丽思带他们去了上海珍珠城，那是老外买东西的地方，他们进去转了一圈，却一件也没买。皮埃尔说想买双鞋子做个纪念，艾丽思就带他去了徐家汇，结果还是没买。艾丽思又开车带他到浦东走马观花地兜了一圈，逛了南浦大桥、世纪大道等，浦东的开阔大气使他们再次惊艳。这次上海之行使皮埃尔对中国，对上海有了崭新的认识，改变了原先对中国的看法。蕾斯身上也没有了法国人的傲气，反倒对上海萌生了一份尊敬。在送他们去机场的路上，皮埃尔禁不住问："太太，我很好奇，为什么你们那么年轻就创造了这么多的财富？"

艾丽思笑笑，没有说什么。

恐怖袭击

在尼斯城堡山下的英国人大道上，矗立着一个巨型字母雕塑，底座是白色的石板，雕塑左侧是一个蓝色的大井字符号，右侧是两行英文字母。上面一行是浅棕色的字母 I love，下面一行是大红色的 NICE，在蓝天下极具视觉冲击力。这个色彩浓郁的现代雕塑是尼斯最具代表性的地标，它的中文意思是"我爱尼斯"，雕塑背后就是蔚蓝的地中海。每年来尼斯游览的游客超过 400 万，是这座城市本身人口数量的近 10 倍，而这里乃游客们必经之处。人们喜欢这个充满现代时尚感的雕塑，喜欢它不同凡俗的创意和明朗大气的色彩，争相和它合影，但是未必有人知道它的来历。其实，在 2016 年之前，这个雕塑是没有的。它的背后藏着一段令人痛心的太过悲伤的故事，不过，你到了那里，没有人会和你说起它的来历。浪漫的法兰西民族永远让人们看见的是他们阳光的一面。

1789 年 7 月 14 日，巴黎人民攻占了象征封建统治的巴士底狱，推翻了君主政权。1880 年 6 月，法国议会正式通过法令，将 1880 年 7 月 14 日确立为法国的国庆日，法国人每年都要隆重纪念这个象征自由和革命的日子。尼斯曾经是意大利和英国的殖民地，这些国家对爵士乐的情有独钟也沿袭到了尼斯。每年的 7 月和 8 月，是尼斯的爵士音乐节，马塞纳广场上搭建了许多舞台，政府鼓励百姓参与音乐，每年这个时候，尼斯城里霓虹闪烁，整个尼斯融入了音乐的气氛中。酒吧老板会邀请一些音乐人唱歌和弹奏以助乐，来用餐喝酒的客人可以和歌手们一起唱歌。浪漫到骨子里的尼斯人，听了音乐，会情不自禁地舞动起来，他们唱啊跳啊，欢快的情绪融入到了他们的血液里也带动了周围的人群。7 月 14 日国庆日这天，法国全国放假一天。节日前夕，家家户户挂起彩旗，所有建筑物和公共场所也都饰以彩灯和花环，街头路口架起一座座饰有红、白 、蓝三色布帷的露天舞台，

管弦乐队在台上演奏着民间流行乐曲。13、14 日晚上，狂欢的人群纷纷拥向街头，脖子上围着红、白、蓝三色彩带，随着音乐跳起欢快的卡马尼奥舞及其它民间舞蹈，这一天的夜晚成为尼斯欢乐的海洋。法国国庆节无形中也给民众提供了一个聚会的机会，从当天下午开始到深夜，各个市政府门口或者广场上都会举行盛大的露天舞会。到了晚上还有一场重头戏，那就是焰火晚会。焰火辉映着彩旗和灯笼，爆竹声、欢呼声此起彼伏，震耳欲聋，人们欢快地唱呀，跳呀，直至深夜。大伟家里的平台上就可以听到音乐声和贝斯，狂欢会持续到凌晨两三点钟，大伟和艾丽思，还有他们的孩子们都很喜欢、很享受这样的狂欢。

　　2016 年 7 月 14 日，法国国庆日，凯思琳来到尼斯和父母团聚。傍晚，她约了朋友到伊兹的金羊酒店去吃饭，并预先订好了位子。但当凯思琳得悉当天在尼斯海滨将会有盛大的焰火晚会时，就准备换到英国人大道旁的内格雷斯科酒店用餐，这样，吃完饭就可以直接去海边看焰火表演了。当天下午，凯思琳打电话去金羊酒店，说是想取消晚上的订餐，酒店经理回答说，假如临时取消预定的位子，客户要付给酒店 200 欧元的取消费。凯思琳想想这样的损失太不值得了，便和酒店经理说："那就不取消，还是在这里吃饭吧。"凯思林心里寻思焰火表演要在晚上 10 点以后开始并持续到夜深，吃完饭照样可以开车去海边看。

　　那天，艾丽思的一位朋友也来到了他们的别墅里，露台上早就摆好了桌子和椅子，上面放满了水果和各式点心饮料。大家喝着下午茶聊着天看着眼前的迷人美景。夕阳西下时，大家开始了晚餐，喝香槟吃法国餐，谈笑甚欢。为了晚上的焰火晚会，艾丽思在平台一侧安放好了摄影三脚架，准备天黑后烟花绽放时拍摄。晚上 10 点，五彩缤纷的焰火伴着音乐在夜空中绚丽绽放，变幻出各种不同的美丽图案和色彩，美轮美奂，大家边看边情不自禁地发出阵阵欢呼，艾丽思忙着摄影，她不断调整摄影角度，尽力想把焰火之美毫无遗漏地摄入自己的相机。焰火表演进行了将近一个小时才结束，艾丽思的朋友说她有点累了，就先回她的房间休息。依旧沉浸在兴奋中的艾丽思拿着相机让大伟欣赏她刚拍的焰火照片，要他说说哪几张拍得最好。看了一会儿，大伟也回房去休息了。艾丽思收起露台上的三脚架，并仔细地把摄影器材一件件收拾整理好，刚打算回卧室休息时，突然，家里的电话响了，响得不屈不挠。艾丽思奔进客厅，接过电话一听，是凯思琳打来的，听筒里传出的声音是颤抖的，她说："妈妈，不好了！尼斯遭遇恐怖袭击。你们应该没事吧，快去看看电视新闻。餐厅的老板让我们暂时不要离开，等候通知。"艾丽思一阵心惊肉跳，赶紧问："凯思琳，你现在在哪里？""我在金羊餐厅呀，您放心，这里很安全，您赶紧去看电视吧！""好好！"艾丽思三步并成二步地冲进卧室打开电视机，对正躺着看书的大伟说："不好了，尼斯海边发生了恐怖事件。你快看！"大伟赶紧坐起，艾丽思打开电视，只见电视屏幕上的画面是一辆白色大卡车停在路边，看样子，事情已经结束了。电视里主持人说："目前初步估计死伤的有 100 多人，驾驶员已被击毙。"主持人又说："几分钟前，肇事的卡车呈 S 形驾驶，疯狂冲向街头狂欢的人群。驾驶员还用机关枪向人群扫射，人们惊慌失措地四下逃散，一些人躲进了路边商铺，许多人往海里跳，无数人涌往酒店。这时，平时门庭森严的内格雷斯科酒店慷慨地敞开了酒店大门，让所有惊魂未定的人们进来避难。因为肇事地点就在这家酒店门前的英国人大道上，出事的路段长达 600 多米。这时，电视镜头又回到英国人散步大道，只见路上躺着许多伤者和遇难者，地上洒满殷红的鲜血，惨不忍睹。艾丽思在电话里对女儿说："凯思琳啊，你千万不要出来，就在酒店里安安静静地等着。""我知道了，你们放心！"大伟早已披衣起来，两人忐忑不安地在客厅里走来走去。大约将近凌晨 1 点半左右，凯瑟琳回来了。她一进门，就紧紧地抱住艾丽思，连声说："妈妈，吓死我了！你无法想象现场有多可怕。上帝保佑！我要是换到内格雷斯科酒店用餐，一定会到附近海边看焰火表演的。也许，会遭难呢！"三个人紧紧抱在一起，有一种劫后余生的欣慰。

事后，据当地媒体报道，那晚死伤的大多是法国人，死亡的人中有一半还是小孩。恐怖袭击后，整整两个月内，出事的道路被封闭，周围用铁栅栏围着，路边全是警车，有关部门对遇难者的身份一一仔细核对。大卫和艾丽思在事发后不久开车下山买鲜花和蜡烛以祭奠无辜的死者。在路上随处可见拉着行李箱神色凝重的游客们快步行走着，他们急急拦车准备离开尼斯。雷格内斯科等闹市区的高级酒店生意变得非常惨淡，整座城市瞬间陷入惶恐不安之中，街上的人们一个个板着脸，看不见有人微笑，愁云惨雾笼罩在尼斯的上空，压得人们透不过气来。怀着同样沉重心情的大伟和艾丽思停

好车，走进一个特定的广场，那是专为悼念遇难者而设置的，广场上摆着一张张遇难者的遗像，他们的脸上大都绽放着灿烂的微笑，遗像周围摆满了一根根白色的蜡烛和一束束鲜花以及堆积如山的玩具。那些可爱的玩具小熊一只只低垂着头，似乎在哀悼它们不幸遇难的小主人，尽管阳光依旧灿烂，但人们却感觉到那血红的太阳像是在哭泣，让人感到非常凄凉。遇难者中有不少天真无瑕的孩子，他们还刚刚来到这个万花筒般的世界，为何天堂里的天使又匆匆把他们带走？看了真令人感到阵阵揪心的痛。艾丽思把花和蜡烛放下后，泪流满面，泣不成声，她默默询问上帝：世人何时可以停止互相杀戮？世界何时才能得以安定与和平？！

一天，大伟陪着艾丽思在尼斯的大药房里买药，突然听到有人在用上海话聊天，她条件反射般地把头一回，原来是翠园老板娘玛丽埃塔和她的妈妈。十多年未见，偶然相遇，彼此感到很亲切。艾丽思说："听说你们移民到美国去了，这回是来尼斯度假的吗？"玛丽埃塔说："不是度假，是又回来了。去了美国才知道，在美国开中餐馆赚不到钱，托马斯就去做房地产。可是，因为不习惯美国，觉得那里没有欧洲的文化，生活太单调，整天无所事事。他们怀念法国尼斯舒适的生活，怀念周边那么多美丽的欧洲国家，无论想去哪里开车很快就到了。于是，终于又回到了尼斯。玛丽埃塔说他们回尼斯后又开了一个餐馆，名字叫上海餐馆。他们邀请大伟和艾丽思到他们新开的餐厅去吃饭。几天后，他们去了，只见餐厅的门面已换成咖啡色，门口装了两只大红灯笼，把中国的味道渲染得很浓。知道大伟和艾丽思要来他们餐厅吃饭，因为餐厅里没有栗子，而且烧起来时间太长，玛丽埃塔的妈妈特意在家里烧好了栗子焖鸡，带到餐厅，终于让艾丽思吃到了这道向往已久的菜。味道确实很不错，是很地道很正宗的上海菜，艾丽思非常感恩中国朋友的这份情意。

托马斯说，他们开餐馆，不是为了赚钱，只是作为消遣，并借此认识一些人，交交朋友，聊聊天。尼斯遭遇恐怖袭击后，他们觉得钱挣得再多又有什么意义呢？所以，就想在几个月后把餐馆关了，全家外出旅游，去周游世界，享受生活。

听了他们的话，大伟想这也未尝不是一种生活方式。

一年后，大卫和艾丽思夏天回到尼斯，发现马塞纳广场搭建了一个很大的平台，法国的新总统为了这起恐怖事件，专程来到这里，他站在平台上说："老总统荷兰德在恐怖事件发生后首次对全世界交代法国的这次悲剧，他开口第一句话就说'为什么这样的事会发生在尼斯？因为尼斯是全世界最美丽的地方！'"

时间是治疗创伤的良药，悲伤的云雾终于慢慢从城市上空褪去。之后，尼斯的海边砌了铁柱子，每年这一天都会举行悼念会，为那些死去的无辜大人和孩子。但是，人们并没有因此而放弃音乐，他们照常在法国的国庆日狂欢，用音乐来消解悲伤，只是为了防止意外，音乐节开始控制人流，采取分散举行的形式，并且增加了许多荷枪实弹的军人在英国人散步大道上来回巡逻，保护着民众的安全。不久，在发生惨案的英国人大道上竖起了一个字母雕塑，是用英文雕刻的：I Love NICE。这个雕塑吸引了很多游客，知道和不知道雕塑背后故事的人都会选择在这里拍照留念。

天堂一角

  自 2000 年买下房子后，为了这幢房子，大伟每年必定要去尼斯，一般一年去两三个月，时间是春末夏初，那是尼斯最美的季节。刚开始，大伟常常一个人去，保姆也不带，反正那里有管家。他在这幢房子里独自看书，写作，在平台上面对蔚蓝的地中海看日出日落。大伟在尼斯买了辆大奔驰车，尼斯很少有人开这么大的车子，因马路窄小，不容易停车。但为人低调的大伟买大车子不是为了拉风，他看中的是大奔驰的安全系数高。大伟高兴时就让皮埃尔开车把他送下山去到海边散散步，看看大海，身心感觉很愉悦。那段时间里，他几乎一个人开车跑遍了尼斯周边所有的国家：意大利的佛罗伦萨、托斯卡纳、米兰、西班牙的巴塞罗那、瑞士的日内瓦、莱蒙湖等，阅尽欧洲风情。有一年，大伟开车带女儿去西班牙，一天换一家酒店，行程 5500 公里，环绕西班牙兜了一大圈，又回到德国，游览了慕尼黑、柏林等许多名胜古迹。大伟曾在德国住了多年，几乎已是半个德国人，他在电话里和德国人谈事情，没有人会从他一口纯真的德国语言中得知他是中国人。大伟不喜欢德国的古堡建筑，觉得太阴深，他喜欢阳光灿烂。游历了那么多欧洲国家，饱览了那么多欧洲名胜，大伟还是觉得尼斯的蔚蓝海岸最合自己的心意。

　　后来，艾丽思不太放心大伟独自来尼斯，毕竟房子太大，事情又多，每次她都一定要陪着丈夫一起过来。有一年，艾丽思香港的朋友过来玩，她开了家里的大奔驰出去，准备带她们自驾游去西班牙两个星期，按规定在高架上可以开130公里的时速，她谨慎地只开了120公里的时速，不料因别的车爆胎，车子在高架上给撞了，并被连撞两次，因肇事车辆再从石墩反弹所致，虽然对方的车完全报废了，整辆车紧紧地被吸在石墩上，前胎不翼而飞。艾丽思驾驶的奔驰车也不能动弹，几近报废，但外壳完好，只是门与门之间凹陷了下去，卡住了车轮，那肇事老外惊慌失措地从废铁车中爬了出来。感谢上帝保佑，幸好大家都安然无事。之后，大伟就开始租车。艾丽思很失望地说：“自己有车不是挺好？”大伟耐心地解释道：“车子贬值很快，又要保养，领牌照等，很不方便，我们又不常住尼斯，还不如租车来得爽快。你喜欢吉普车，每次我们可租崭新的车来开，那有多好啊！”艾丽思觉得大伟的话确有道理，也就默认了。

　　大卫的朋友佛朗西斯科有位常住法国的巴西朋友波斯威，他中等个子，皮肤黝黑，浓眉大眼，肩宽腰圆，喜欢穿浅色的服装。他性格开朗，经常喜形于色，为人又颇为大方。波斯威拥有好几个葡萄庄园，还有自己的对冲基金公司。他非常喜欢大伟家的房子，经常会带些生意上的朋友去大伟家玩，同时也看看是否有机会可以到中国区投资或是做生意，因为他知道许多外国人都去中国投资。波斯威和摩纳哥公主吉娜维芙是好朋友，他们一起投资开了家房地产公司，这公司主要是买卖摩纳哥的地产，甚至于一些小岛。一天，波斯威带了吉娜维芙到大伟家，公主一来就非常喜欢这个别墅，她和大伟的女儿凯思琳谈得很投缘。这位公主是摩纳哥游艇会的董事长，世界网球锦标赛的主席，每年的世界网球锦标赛在摩纳哥举行时，公主都会主持会议。当吉娜维芙得知凯思琳在全世界最大的一家美国投行工作时，便邀请凯思琳和他们一起合作，参与房地产买卖生意，并希望凯思琳能在亚洲及中国帮她找到买家，因为凯思琳认识亚太地区许多最成功最富有的家族。凯思琳也去摩纳哥拜访过她几次。后来因为凯思琳的特殊身份关系，她不能将公司内的客户拉去其他地区投资，所以就没有去参与他们的房地产公司。

　　波斯威有个朋友在位于普罗旺斯海岸的圣托佩拥有一个大酒庄 Chateau Font du Broc，中文名为芳布洛克酒庄。波斯威陪同大伟一家去过，这个酒庄非常大，占地面积30公顷，有一个景色优美的法式大花园，花园里草坪碧绿，花木葱茏，清幽秀丽，还有个种满睡莲的池塘，池塘中间有一只石雕的马头。庄园内还养着多只美丽的孔雀，它们自由自在

地在花园里走来走去，不时展开七彩的羽毛，炫耀自己的美
丽。草坪上放着个巨大的鸟笼，像个小亭子，里面养着各种
供人观赏的鸟儿，五颜六色的鸟儿跳上跳下，叽叽喳喳，活
泼可爱，给美丽宁静的山庄带来了生机勃勃的气象。酒庄花
园里最多的自然是葡萄树了，有各种各样的品种，目不暇接。
葡萄藤架下放着一些桌椅，可以让人休憩。葡萄熟了的时候，
酒庄会使用机器采收，再经机器筛选、去梗后，送入可控温
不锈钢发酵罐进行发酵，完成发酵的葡萄酒都会在橡木桶中
进行陈酿，桃红葡萄酒的陈酿时间约 6 个月，其他的则为 12
至 18 个月不等。硕大的橡木桶放置在石头砌成的房子里，从
两扇小铁门进入一个小庭院，庭院里有一扇低矮的圆拱形小
门，进入屋子仿佛进入巴洛克风格的中世纪古堡，上下两层，
上层是一个个圆拱形的窗户，下层是尖拱形，用罗马柱分隔，
类似地下室，足有两层楼么高，这里从不对外开放。沿着
窄窄的石头楼梯走下去，下面是另一个世界，一股酒香迎面
扑来，使人沉入醉乡。里面放着一大片的橡木桶，走进去仿
佛走进迷宫，小孩子可以在下面玩捉迷藏，许多酒店把自己
的好酒在这里珍藏了好多年。除了酒，主人还非常爱马，庄
园内养了 76 匹 Thoroughbreds(纯种马) 品种的名马，它们
是为了赛马而刻意培育出来的马，一般只指这一种在英国人
工培育的马种。纯种马的血统诞生于 17 至 18 世纪的英国，

由英国当地的牝马与阿拉伯种的种马配种而成，这是全世界最贵的马。英国及欧洲地区时常会赛马，也只有这个品种的马方可参赛。许多参与比赛的马源，取自芳布洛克酒庄。这酒庄庄园有个非常漂亮而壮观的练马场，每当欧洲赛马比赛之前，许多人会过来挑马。庄园内还设有一个很大的表演场地，专为纯种马比赛时用，并还会为它们剪个花色的毛发。马匹在表演时会用一种极其优美而复杂的步法随着音乐节奏而跳跃，舞步轻缓，款款婷婷，不时引来一阵哗然。因为大伟的儿子约瑟夫和女儿凯思琳每年暑假期间都会在尼斯学骑马，每星期两次，一清早由管家皮埃尔送去学校。得知孩子们非常喜欢骑马，庄园主会时时邀请他们一家去酒庄骑马、喝酒，并且还会经常送许多酒给大伟。

波斯威因为酒庄分布在各地，需要飞来飞去到处去关心，所以他十分热衷于开飞机，他见大伟的两个孩子都在尼斯度假，便经常邀请凯思琳和约瑟夫和他一起去学开飞机。每当波斯威知道大伟他们回法国了，或者皮埃尔告诉他大伟一家马上就要来尼斯，他便会开着车将一箱箱的酒送去大伟家，请他们尝尝自己庄园内酿制的葡萄酒。这样，大伟和艾丽思每晚都会根据不同的菜肴选择喝些红葡萄酒或是白葡萄酒，有时也喝桃红葡萄酒。当然他也很希望有机会能把自己的酒打入中国市场。佛朗西斯科每次来别墅也总会带些不同的实

物或者化妆品给艾丽思。如白松露、黑松露、各种巧克力、意大利的特色糖、水果干等，他还会带来各种不同口味的醋，这些醋的加工厂都是百年老字号厂，有些醋的价格甚至比酒还贵。醋也分年份，时间越久越是粘稠，液汁十分浓厚，就像番茄汁一样。艾丽思和凯思琳非常喜欢佛朗西斯科带来的醋，她们拿它拌色拉或是蘸面包吃，因为在香港是很难买到类似这样的醋，除非去半岛酒店或其他五星级酒店的餐厅内才会提供这样的醋。而佛朗西斯科却是一箱箱地把这些醋搬到大伟家，因为他知道大伟的太太和女儿都喜欢吃这种有助于消化和保健作用的醋，当然佛朗西斯科还有个原因，那就是请大伟有机会能帮他介绍去中国做生意的渠道。

所有来到大伟别墅的法国朋友和欧洲朋友，都会感叹大伟一家生活得那么悠闲，那么会享受生活，总觉得他们不是一般的普通中国人，猜测他们也许有什么关系或背景，并都抱着有一天大伟可以帮助介绍他们去中国投资做生意的希望，所以，每年夏天大伟一到尼斯，就有许多朋友来探望他，向他打听中国当前的形势。

面朝大海，春暖花开。这是许多人向往的生活，大伟也一样。更何况他那面对地中海的尼斯房子美得简直不像人间。大伟许多来尼斯的朋友说，在周围兜了一大圈，觉得太漂亮了，但回到你家里，觉得这里比外面更漂亮。这时，大伟就会想起德国朋友对他别墅的称赞："这里是天堂的一角"。

　　德国朋友的话说出了大伟的心声。

　　事实上，这幢房子已经与大海、山野、田园、橄榄树、薰衣草等一起构成了一种意象，它们牢牢地长在了大伟的生命之中，融入了他的血液，寄存了他的全部幻想。不知不觉间，这个面朝地中海的房子在大伟心里已成了他的第三个孩子，他回到香港心里总会牵挂着它，如果不是因为他的两个孩子在香港，他想自己一定会和艾丽思一起搬到这天堂的一角长住。

图书在版编目（ＣＩＰ）数据

面朝地中海的房子 / 惜珍，章誌文著 . -- 上海：
上海文化出版社，2018.7
ISBN 978-7-5535-1322-5

Ⅰ . ①面… Ⅱ . ①惜… ②章… Ⅲ . ①纪实小说 – 中
国 – 当代 Ⅳ . ① I247.5

中国版本图书馆 CIP 数据核字 (2018) 第 150403 号

出　版　人：姜逸青
作　　　者：惜　珍、章誌文
策　　　划：陆国强
摄　　　影：Margaret Ting

责任编辑：金　嵘
装帧设计：金　嵘

书　　名：面朝地中海的房子
出　　版：上海世纪出版集团 上海文化出版社
地　　址：上海市绍兴路 7 号　200020
发　　行：上海文艺出版社发行中心发行
　　　　　上海市绍兴路 50 号　200020　www.ewen.co
印　　刷：上海安兴汇东纸业有限公司
开　　本：787×1092　1/32
印　　张：8.625
印　　次：2018 年 7 月第一版 2018 年 7 月第一次印刷
国际书号：978-7-5535-1322-5/J.497
定　　价：45.00 元
告 读 者：如发现本书有质量问题请与印刷厂质量科联系